徳間文庫

やぶにらみの時計

都筑道夫

徳間書店

contents

本文イラスト　真鍋 博
デザイン　鈴木大輔（ソウルデザイン）

目蓋《まぶた》がこわばっている。寝たりない証拠だろう。そのくせ頭は、重くて痛い。脳の平均重量は、人間のおとなで一・四kg、象だと五kgもあるそうだ。眠ってるまに、*loxodonta africana*《あふりかぞう》の脳みそでも、移植されてしまったのかも知れない。おまけにそれが、くだもの屋の店さきで売れのこった胡桃《くるみ》みたいに、中身がすっかり乾いた感じで、首をふると、がっさがっさ音がしそうだ。これでは、眠りたくても、眠れない。いっそ、起きてしまったら、どうなのだ?

きみの目蓋は、たしかに重い。けれど、盤陀《はんだ》づけされてしまったわけではない。だから、その気になれば、持ちあげられる。その気になって、そっと持ちゃげてみるとしよう。まず、目蓋が半透明になる。光がさしこんだのだろう。電灯の光では、ないようだ。だが、それほど、どぎつくもない。きっと障子かカーテンで、柔らげられて

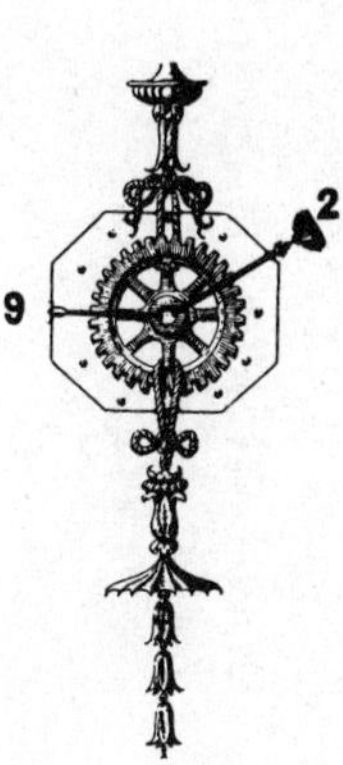

9:10 a.m.

いるのだろう。それでも、きみの目には、馴れないコンタクト・レンズのように痛い。しかし、やっぱり朝になっていた、とわかって、いくらかきみは安心する。こんな頭の状態で、夜中に目がさめるのは、つらいことだ。肩から上を、犀《さい》の頭にされたみたいなその気分の、原因は酒にきまっている。罅《ひび》われそうな喉の渇きで、きみにもそれは察しがつこう。まったくゆうべは、やけに飲んだものじゃないか。

きみの目も、ようやく光に馴れてきた。早く起きて、水を飲もう。二、三度、まばたきしてから、きみはいっぱいに目をひらく。すると、天井が見える。川底の砂に映った真昼の波の影のように、木目のきれいな天井板だ。見あげたとたん、きみはたちまち、渇きをわすれる。いつもの朝とちがうことに、気づいたからだ。

きみの部屋には、天井板がない。黄ばんだ漆喰の天井があるだけだ。すると、ここはどこだろう。きみの部屋——多島アパートの八号室でないことだけは、はっきりしている。どこか、旅館の一室ででもあるのだろうか。

「しまった!」

みずおちのあたりで、きみの声が叫ぶ。けれど、喉から上へは出ていかない。きみの細君のことを、思いだしたのだ。東京へ出てきて、雅子と暮しはじめてから、いちども外泊したことのないきみだ。あわてるのも、無理はない。

きみは目をとじる。左手をそうっと、わきへのばしてみる。もしもその手が、人間のからだにさわったら、どうしよう。しかもそのからだに、もんもりと乳房があったら、どうしよう。きみの手は、おずおずと敷布の上を匍《は》っていく。ごわごわした敷布だ。きっと糊をきかして、クリーニング屋が届けてきたばかりにちがいない。やがて手は、畳の上へ落ちる。

「助かった。」

ほかのひとには聞えないきみの声が、こんどは軽くつぶやいた。ひとりで泊ったのなら、それほどあわてることはない。敷蒲団の下には、かなり厚いフォームラバーが、敷いてある。やっぱり、旅館にちがいない。膝関節が酒でゆるんで、どこかへころげこんだのだろう。

きみは目をひらく。天井を眺めながら、苦笑する。ところが、口もとにできた笑み皺《じわ》は、たちまち鎹《かすがい》みたいに硬化して、きみのくちびるをゆがませる。こんどは金のことが、心配になってきたのだ。きみはゆうべ、金をどれだけ、ズボンのポケットにつっこんで出たか、おぼえているか。大きな紙幣《さつ》は千円が一枚だけ。あとは五百円紙幣が一枚に、百円硬貨が二、三枚。いや、四枚、五枚あったとしても、合計二千円ばかり。飲み屋ではらったあとだから、もういくらも残ってはいまい。胸をおおっている毛布の手ざわりから考えても、この旅館は安くなさそうだ。

きみはあおむいたまま、枕もとに手をのばす。その手を、敷蒲団の下にさしいれてみる。金があるとすれば、そこだと思ったからだ。けれど、なにもない。フォームラバーの下にもない。こんどは畳をなでてみる。だが、金はおろか、腕時計もない。六千円で質屋で買ったイニカーだが、金がなかったら、それでごまかして、と思っただけに、きみは狼狽する。もう頭の痛むことなど、いっていられない。枕の上に片肘《かたひじ》ついて、きみは畳の上を見る。

枕もとには、銀の盆がおいてあるだけだ。楕円形の盆の上には、水差しがひとつに、オールドファッション・グラスがひとつ。腕時計はもちろん、十円銅貨一枚、おいてない。水差しが、チェコスロバキア製の、焼絵ガラスだということはわからなくても、オールドファッションは石打ちのしずくガラス、どう見ても高価らしいと、きみにもわかる。酔っぱらいがころげこむ旅館で、客に出すようなものではない。

それに見たまえ。壁ぎわに、総桐のたんすがおいてある。部屋にたんすのある旅館なんて、聞いたこともない。きみはあたりを見まわす。ゆうべ着ていたスポーツ・シャツも、ズボンも、靴下も、畳の上のどこにもない。もともといずれも、もう洗濯をなまけられないまでに汚れていた。ゆうべの夕立で、それがいよいよ、見られないざまになったろう。だから、廊下に出してあるのかも知れない。きみはくちびるを噛んだ。頭をふる。そのときだ。

「なにをさがしているの?」

いきなり、女の声がした。

きみは蒲団の上に、はね起きる。八畳の座敷の、きみの足もとのほうは、大阪猫間の障子になっている。障子は四枚、小障子もおろしたままで、きちんとしまっている。それが、いま、まん中の二枚だけ、左右にひらいたのだ。そこに和服の女が立っている。女の年を読むのは苦手のきみだから、三十をひとつふたつ、越えているようにも見える。二十五、六のようにも見える。あっさり化粧した寸づまりの顔は、猫をおもわせる。それも、ペット・コンテストに出したら、金牌まちがいなしの、かわいい猫だ。だが、見おぼえはきみにはない。けれど相手は、いかにも親しげな微笑だ。

「どうしたのよ、妙な顔して? この髪なら、ゆうべ、いたずらして変えてみたの。気に入らない?」

「あなたは――なんです?」

「なにって……」

「女中さん……?」

「いやだわ。女中は親が病気だって、おととい国へ帰ったじゃないの。まだ酔っぱらってるの、あなた？」

女は微笑したまま、あとじさりする。廊下の椅子にかけた。大きな笊《ざる》に金火箸の脚をつけたような椅子は二脚、テーブルをはさんでいる。それも曲った鉄の脚に、ガラスの一枚板をのせたモダンなもので、カービン・テーブルとかいうやつだ。揚板のかわりに、これもガラスの水盤が、脚のあいだにとりつけてある。凝った和菓子のような小ぶりの菊が、黄いろいの、白いの、赤っぽい紫のと、思い思いに剣山にささえられて、その中から乗りだしている。

きみはまだ、蒲団の上にあぐらをかいたままだ。

「ここは旅館じゃないようですね。ぼくの時計、どこにあるのでしょうか。」

「ああ、時計。たんすの引出しよ。いま出します。」

女は縮みゆかたの裾を鳴らして、蒲団のわきをまわった。たんすの小引出しをあける。時計をきみの手のひらにのせた。はばのひろい灰いろの皮バンドには、疣《いぼ》みたいなぶつぶつが、いっぱいある。蝦蟇《がまがえる》の皮かも知れない。その手ざわりだけでも、すぐにわかって、

「これはちがう。ぼくのじゃない。」

と、きみはいう。エテルナのカレンダーつきだ。文字盤の小さな窓に、2の数字が出ている。いまは九月二日の午前九時十四分なのだ。

「もう冗談はよしてよ。そんな妙なバンドをあつらえて、あたしと小ぜりあいしたのを、わすれたの。蝦蟇なんて悪趣味すぎるって、あたしがいって……」

女は軽く眉をひそめる。

「冗談はそちらですよ。ゆうべ、誰かはじめてあったひとと、やたら飲んだのはおぼえてます。そのひとがこちらのご主人で、けっきょくご厄介になってしまったんでしょう、ぼくは？」

「あなた――」

と、女は真顔になって、きみのそばに膝をついた。

「あなた、正気でそんなこと、おっしゃるの？」

「正気って、ぼくはもちろん……」

「たしかにあなたは、ゆうべ誰だか、知らないひとに送られて帰ってきたわ。でも、あなたは、あなたなのよ。まさか、あたしがわからないなんて、いうんじゃないでしょうね？」

「わからないんです。誰なんですか、あなたは？」

「侑子じゃないの。あなたの妻じゃないの。記憶喪失症にでもなったの、あなた？」

女の下くちびるが、かすかにふるえた。

きみは、ふっと不安になる。記憶喪失症か。そんなはずはない。きみはなんでも、おぼえている。きみの住居は、中野区小淀町の多島アパートだ。その一階のおくの八号室で、細君がいまごろ——いつもなら、まだ寝ている時間だが——心配のあまり、いらいらしているにちがいない。きみの名前は、浜崎誠治だ。七月に二十九になったばかり、ということも、おぼえている。こんなになんでも、おぼえている記憶喪失症なんて、あるものか。

「あなた、侑子さんとおっしゃるんですか。とにかく失礼しますから、ぼくの服を出してください。」

気もちがあせって、きみのアクセントがおかしくなる。あわてると、まだ関西なまりが飛び出すのだ。

すると、女はいきなり、両手で顔をおおった。純金の台に紫水晶をはめこんだ指輪が、白い左の薬指にある。大きな複眼を片っぽだけ、ひらいたように、それが見える。誕生石にちがいない。この女は、二月生れなのだろう。顔をおおった両手が、かすかにわななきだす。泣かれるのか、と思って、きみはうんざりする。けれど、十本の指のあいだから、くくっと漏れだしたのは、笑い声だ。女は笑いをこらえかねたのだ。

「だめよ。だめ。あたしにさんざ心配させといて、あとで笑おうっていうんでしょう。その手はもうきかないわ。」

しめつける博多帯をおしかえすほど、乳のふくらみをふるわして、女は笑いながら、

「出せというんなら、出しますけど、服を着て、どうするの？」

「帰るんです。」

きみは蒲団の上で、あとじさりする。だんだん、気味わるくなってきたのだ。この女、気ちがいかも知れない。

「でも、きょうは午後の会議にまにあうように、会社へ出かければいいんでしょう。そのまま食事をなすったら？」

きみはまだ、パジャマのままだ。女のさししめすカービン・テーブルの上には、芭蕉の葉のようなハイチ盆に、耳をおとして狐いろに焼いたパン、アルミのフォイルを敷いて、三つ四つの玉にまるめたバタ、鼈甲《べっこう》いろのマーマレイド、葉とうがらし、雲丹《うに》などが、とりそろえてある。かたわらのコーリン・グラスに、とろっと赤いのは、トマト・ジュースにちがいない。だが、それを見ても、きみに食欲は起らない。

「なにも食べたくないんです。服を出してください。」

「ネクタイは?」

「そんなもの、しめてませんよ。」

「じゃあ、スポーツ・シャツね。」

女は部屋を出ていった。きみはトマト・ジュースから、喉の渇きを思いだし、水差しの水を、つづけざまに二杯のむ。そこへ女が、両手にシャツや背広をかかえて、もどってきた。

「さあ。」

きみの目の前に、シャツをひろげる。玉虫のように光沢のある黒っぽい地に、遠目にはわからないほどのピンドットが、臙脂《えんじ》で入ったスポーツ・シャツだ。カラーは、ボタン・ダウンで、きみのものでは、もちろん、ない。

「これはちがう。ぼくのは大きな弁慶縞のやつだ。」

「大きな縞は、きらいのはずでしょ。もうよしてよ、スリラー劇のまねは。」

きみはあきらめて、パジャマをぬぐ。まあたらしいアンダー・シャツとパンツを、いつのまにか、着せられていることには、もうあまり驚かない。とにかく、この家を早く出ることだ。借りたものは、あとで返しにくればいい。

仕立てのていねいなシガー・ブラウンの背広を着せられて、きみは鰐皮《わにがわ》のベルトをしめている。女はタンスの小引出しから、ハンカチを出した。胸ポケットにさしてくれる。シャツにあわせて、黒っぽいハンカチだ。ペルシァ模様がブルーで浮いている。イタリア・シルクの手縫いらしい。輸入税をたっぷり取られたものだろう。この家の主人は、なかなか贅沢なしゃれものにちがいない。

「名刺入れや手帳は、書斎へおいといたわ、ゆうべ。」

と、いいながら、女は白ハンカチ二枚の上に、皮の紙幣挟み《ビル・フォールダー》をのせて、さしだした。きみはうけとってから、紙幣の厚みに驚いて、おしもどす。

「あら、もっといるの。二万円、はさんであるのよ。」

「この金は……」

「二万円……?」

　きみの手は、ふるえる。万とまとまった金を、ふところに入れて歩くのは、何カ月ぶりだろう。とにかく東京へ出てきてからは、はじめてだ。あとでそっくり返すにしても、しばらくふところで暖めてみたい、ときみは思う。そうしたほうが、早くここをでられる、という言訳けもある。きみは安心して、柔らかい皮に﨟纈《ろうけつ》染で模様をつけた紙幣挟み《ビル・フォールダー》を、内ポケットに入れた。

「出さきから、会社へまわるんだったら、あとで電話してね。」

襖《ふすま》をあけながら、女がいう。そのまま、先に立って歩いてくれたので、きみは迷わずに玄関へでることができた。部屋かずはないようだが、安普請ではない。廊下もよくみがかれている。玄関の壁に、サーカスの道化師を、沈痛にかいたビュッフェの額が、大きくかかっている。ガラスのうしろに納った複製だが、日本で印刷したものではなさそうだ。ふつうのサラリーマンに、気安く買える値段のものでは、まず、あるまい。この家の主人は、いったいなにものなのか。

女は下駄箱から、背広にあわして、ウォールナット・ブラウンのスリップオンをえらびだすと、たたきにおいた。右手の壁に、靴べらをぶらさげた民芸ふうの鏡が、とりつけてある。きみはその靴べらをとりながら、鏡をのぞいてみようとする。だが、なんとなく恐しい。もしかすると、そこにはきみの顔が映らないのじゃなかろうか。そんな気もちが、心のおくのほうにある。女がどうも気ちがいには見えず、態度にも自信がありすぎるからだ。

きみが玄関のドアをあけると、女は下駄を鳴らして、よりそってきた。

「気をつけてね。もう冗談はおしまいよ。」

誰に見せても、夫を送りだす妻の、やさしい挙動だというだろう。

きみは鉄平石の敷石を、大胯《おおまた》にふんで、往来に出てから、門柱をふりかえる。陶器の表札には、〈雨宮毅〉と楷書で書いてあった。きみはその名前をおぼえこんでから、大型の自動車は一台がやっとの露地を、足のむいたほうへ歩きだす。すると、

「おはようございます。」

うしろから、声がかかった。きみはぎょっとして、ふりかえる。筋むかいの家のごみ箱の蓋をあけて、片手には竹箒《たけぼうき》、片手にもった塵取《ちりとり》のごみを、棄《す》てかけている女のひとが、笑顔であいさつしたのだ。ネッカチーフで頭をつつんで、地味なスカートという身なりは、その家の細君らしい。けれども、きみの知らないひとだ。いまの気安いあいさつは、だが、むこうはよく知っている、という意味にしか、考えられない。

きみはあいまいに頭をさげると、あわてて歩きだす。他人の靴なのに、まるであつらえたようで、足は軽い。すぐに広い通りへでた。きみが立ちどまったのは、左からと、前からと、ふたつの坂がのぼりつめて、三角形をつくった頂点だ。ふたつの坂は、そこから右へ、一本の平坦な道になっている。三角形のまん中に、〈注意徐行〉の塔を立てたロータリイがある。まん前の坂は、左手よりも、やや急にくだって、一直線に見とおせる。坂をおりきったすこし先から、都電の線路がのびて、厚切り十円のカステラみたいな電車を走らせている。それがカーヴして、見えなくなるむこうは、高台だ。にわかに秋めいた陽に、しらじらとしたアスファルトには、自動車の往来が目

まぐるしい。週刊誌の立看板のたおれているのが、ゆうべの夕立を思いださせる。右手のすこし先に、バスの停留所があって、三、四人のひとが待っている。だが、そこに並んで、新宿方面へいく車にのれるものかどうかは、わからない。ここはきみには、はじめての町なのだ。

露地口の左がわは交番で、きみはいま、それを背にしている。そこで聞いてみればいい。ふりかえると、〈神楽坂警察署矢来町巡査派出所〉と書いた庇《ひさし》の下に、見張の巡査が立っている。矢来という地名には、きみにも聞いたおぼえがある。けれど、早稲田が近いはずだ、ということぐらいしか、知らないだろう。前の坂をくだって、都電の交叉点を、左にいったところが、その早稲田だ。まっすぐに江戸川橋をわたると、音羽の通りが、真言《しんごん》宗豊山《ぶざん》派の大本山、護国寺につきあたる。二百八十年の寺歴をほこる有名な寺で、本堂は国宝だ。まっ正面の高台は、江戸時代、久世《くぜ》大和守《やまとのかみ》の下屋敷があったので、久世山と呼ばれている。音羽の谷をはさんで、左手の高台が目白。その中腹に東豊山新長谷寺《とうほうざんしんはせじ》という寺が、以前はあって、ここに目黒区の目黒、世田谷区の目青、台東区の目黄、文京区の目赤とともに、江戸の五色不動と呼ばれた白い目の不動尊が祀《まつ》ってあった。このあたり、江戸の昔には大田蜀山人が、東豊山十五景という狂歌をよんだくらいの名所だが、いまはさびれて、なんのおもしろみもない。

右がわの平坦な道は、すぐにくだって、神楽坂。坂はくだって、またのぼりになる右がわに、山の手七福神のひとつ、毘沙門さまのお社《やしろ》がある。そのいまわりが、永井荷風の《夏すがた》に精細な描写のしてある芸者屋町で、いまでも三味線屋の飾り窓に、猫が香匣《こうばこ》をつくっている。左手の道は、高田馬場に通じている。むかし、中山安兵衛が、韋駄天走りに駈けていったのは、この道かも知れない。げんにきみの右側にある家並みの奥の、あるお屋敷うちに、空襲でこちらが焼ける前までは〈堀部安兵衛こしかけの松〉というのが残っていた。

といっても、きみには赤鞘《あかざや》の安さんを見ならって、中野まで走ってかえる元気はないだろう。やっぱり交番で聞いたほうがいい。きみは近づいて、頭をさげる。

「新宿のほうへいくバスが、ここを通りますか。」

「ああ、新宿なら西口行きの都バスがきます。そこが停留所ですよ。」

巡査は前の坂の右がわをゆびさしながら、栃木なまりで教えてくれた。きみのたどりついた停留所の標識には、〈牛込天神町〉と書いてある。しばらくして、都バスが坂をのぼってきた。おりる客はない。乗る客もきみひとり。座席は半分あいている。バスはたちまち、右へ大きく、カーヴを切った。きみは足をすくわれながら、吊り皮にぶらさがる。座席へななめに、腰をおとす姿勢をとる。そのとき、窓ガラスにきみの顔が、ぼんやり映った。見なれた顔だ。二十九年、肩にかつぎつづけてきた顔だ。変ってはいない。きみは安心して、腰をおろす。

ウッドハウスというイギリスの作家の、《笑いガス》という小説を、まだ学生のころ、翻訳で読んだことが、きみはあるのだ。臆病な青年が、歯をぬいてもらいに、歯医者へいく。ところが、笑気を嗅がされたとたん、しゃぼん玉みたいに、魂が体外にぬけだしてしまう。もうひとり、そこで治療をうけていた少年にも、おなじ奇現象が起って、ここにふたつが入れかわり、青年の魂は、少年の体内で活動を再開する。しかも、そのからだが、青年の恋人の、やんちゃな弟ときているので、とんでもない騒動がもちあがる物語だ。こまかいところはわすれたが、抱腹絶倒した記憶は、残っている。けれども、いまは笑いごとではない。考えれば馬鹿馬鹿しいが、さっきはそれを思いだして、玄関の鏡がのぞけなかった。

しかし、やっときみも安心した。きみの顔は、きのうとおなじ、きみの顔だ。〈雨宮毅〉の顔でない。あの女、やはり、どうかしていたのだ。いや、前の家の細君が、あいさつしたところをみると、雨宮毅という男は、偶然、きみと瓜ふたつなのかも知れない。おもしろがって、つれてかえって、細君をかついでやろうと、自分はどこかへ隠れたのかも知れない。そんな突飛ないたずらをして、よろこぶやつが、いないとはいえない。*Practical joker*《わるふざけや》といって、イギリスあたりには多いそうだ。きっと、それにちがいない。きみがにやにやしていると、いきなり額のまうえで声がした。

「切符。」

きみはびっくりして、上目づかいに見あげる。立っていたのは、女車掌だ。面皰《にきび》のあいだにまんまるな顔があって、きみを睨《にら》みつけているところは、古手の女車掌によくある被害妄想タイプらしい。きみは敵意のないところを見せて、なにげなくたずねる。

「新宿まで、いくら？」

「十五円。」

きみは内ポケットから、紙幣挟《ビル・フォールダー》みを出して、ひらいてみる。ざっとあらためたが、五百円より小額の紙幣はない。やむをえずきみは、金めっきのピンから、そいつをひきぬいて、

「すまないけど、こまかいのがないんだ。」

ところが、女車掌は、紙幣の厚みをきみが誇示したと、とったらしい。やにわに五百円をひったくると、切符にパンチの音も高く、それから先はのろのろと釣り銭かぞ

えて、きみの手に無言でのせた。四枚の百円紙幣は、わざわざ縮緬紙《ちりめんがみ》みたいなやつを、選りだしたか、と疑いたくなる。八十五円には、五円玉が五枚もあった。きみは興ざめて、ななめうしろの窓にむく。目の下に、整形手術でスマートになった河馬《かば》みたいなシトロエンの、五八年型が並んで走っている。ホイールをにぎっているのは、若い女だ。銀の翼のような飾りのついたフォックスのめがねをかけている。どこかで見た顔だ、ときみは思う。けれど、思いだせない。女はちらりと視線をあげた。そのままバスを追いこすかと思うと、急にスピードをおとす。ぶざまに袋をふくらませたクリーニング屋の自転車が、すりぬけて出てきたせいかも知れない。クリーニング屋は、黒ずんだ顔の小娘で、自家用をぬいたのがうれしいらしい。ブルージーンが張りさけそうな尻を、ぴしゃっと叩いて、たちまちバスの前に消えた。とたんに車掌が、

「次は曙橋・住吉町でございます。」

「あの――合羽坂下は？」

きみのまん前の、皺に溺《おぼ》れたような老婆が、口の巾着《きんちゃく》をあわててひらく。

「曙橋が、もとの合羽坂下なんです。」

この坂の名が、きみの記憶にあった。東京駅から、きみのアパートの近くの宮園通りをとおって、新井薬師へいくバスに乗ったことがある。たしかそれに、合羽坂下と

いう停留所があった。*GHQ*がここらだと思って、バスの窓から見ていたら、門柱に〈陸上自衛隊市ガ谷駐とん部隊〉と書いてあった。馬鹿な書きかたをするもんだ、これじゃ、豚の集りみたいだぜ、屯みたいなやさしい字も、制限漢字なのかな、と思ったところへ、女車掌の声が、

「次は河童《かっぱ》坂下でございます。」

と、聞えた。豚のつぎに河童ときては、まるで西遊記だ、とおかしくなって、この停留所が、記憶に残ったのだ。急いでアパートへ帰るには、新宿までいってしまうより、ここで乗りかえたほうが、いいだろう。きみはあわてて、立ちあがる。

「おりますよ。」

バスをおりたきみは、曙橋という陸橋の上と下を、新井薬師行きのバス停留所をさがして、うろうろする。さっきのシトロエンが、陸橋をわたりきったあたりに、とまっている。だが、もうきみの注意はひかない。

新井薬師行きのバスは、やけに待たされた上に、混《こ》んでいた。混んでいるから、停留所ごとに時間がかかる。きみはいらいらしてきた。おまけに吊り皮にぶらさがったきみの前には、妙な男がすわっている。若い男だが、西部劇に出てくるモヒカン族みたいな顔をしている。髪の毛をまん中だけ、馬の鬣《たてがみ》みたいに残して、あとはきれい

に剃《そ》っているのだ。ジーンパンツに、黒シャツの腕を組んで、じろじろ見られるのは覚悟の上だが、こっちも負けずに見てやるぞ、といった大きな目が、きみの顔にすえられている。やりきれなくなって、きみは目をとじる。すると、細君の顔が、目蓋のうらに映る。どう言訳けをしたものか。きみの服装を見て、細君はびっくりするにちがいない。ありのままに話をするのが、いちばんだろうけれど、酒場のつとめをしているだけに、あの妙な奥さんのことを、すなおに笑ってくれるかどうか。

気が重くなって、きみは目をひらく。インディアン頭のむこうに、宮園通りの景色があった。きみは川添町でバスをおりると、あともどりして、露地へ曲る。多島アパートの裏口へでる露地だ。裏口を入ると、八号室と九号室がむかいあっている。階段のかげになって、ほかの部屋部屋からは、隔離されたかたちだ。近所づきあいを避けているきみは、裏口だけをつかって、玄関からは出入りしたことがない。きみはいま、八号室の前に立った。〈安藤雅子〉と名札が出ている。きみの細君の名だ。きみたちはまだ、結婚届をだしていない。

きみはノブに手をかける。ドアには鍵がかかっている。鍵はきみもひとつ、もっている。だが、それはゆうべのズボンのポケットの中で、いまの役には立ちようもない。きみはドアを軽く叩いた。

「雅子、あけてくれ。ぼくだよ。」

返事はない。こんどは強くドアを叩く。ようやく室内で柔らかな物音がした。それが近づいて、板一枚むこうに掛金が軋《きし》む。ドアは五㎝ほどひらいた。化粧をしていない雅子の、はれぼったい顔が、眠そうにのぞく。まだ寝間着のままらしい。

「すまなかったね、雅子。心配したろう?」

ぎごちない微笑を、きみはつくる。ところが、ドアの隙間の寝あぶらの浮いた顔には、なんの表情も動かない。

「あんた、どなた?」

大儀そうな声だった。だが、それはストレート・パンチみたいに、きみの顔面で炸裂した。

10:45 a.m.

幅五㎝に裁《た》たれた雅子の顔を、呆気《あっけ》にとられて、きみは見つめる。しばらくは、なにもいえない。

「生命保険なら、すすめるだけ無駄よ。入りたくても、入れてくれないわ。あたし、ＴＢで、おまけに高血圧なんだから。」

と、雅子はいって、ドアをしめかける。きみはあわてて、おしもどす。

「雅子、ぼくだよ。」

「お店であったひとかしら。おつきあいは、お店でだけにしていただきたいわ。」

「なにをいうんだ、雅子。ぼくがわからないのか、この服はねえ、じつは新宿で学生時代の友だちに、ばったりあってさ。あの夕立で、下着までずぶ濡れだったから、そいつの服を借りてきたんだ。国電がとまったっていうんで、そいつの家に厄介になっ

たんだよ、雅子。」

嘘がすらすら口をでたので、きみはほっとする。けれど、雅子はドアをおす手に力を増して、

「雅子、雅子って心安く呼ばないでよ。ほんとになんなのさ、あんた？」

「亭主の顔をわすれるのは、ひどいなあ。」

きみは気弱く笑ってみせる。とたんに雅子は眉をよせる。

「ちょっと。変ないいがかり、つけないでちょうだい。これでも嫁入り前なんだから。」

「どうしたんだ、雅子？」

きみのくちびるは、青ざめている。雨宮という男の細君には、泊めてもらったひけ目があって、癇癪も起せなかった。だが、雅子にまでこんな扱いをされては、我慢できない。きみは声を上ずらせて、ドアにからだをぶつける。

「雅子、気でもちがったのか！」

きみは手をのばした。寝間着の襟をつかむ。雅子が上半身をひいたので、襟は哆《はだか》った。血のような色のスリップにつつまれて、ブラジァなしの乳房がのぞく。子どもをもったことのない円《まる》みは、さほど大きくもない。けれど、ブラジァの助けを借りずに

上むいて、乳首がナイロンをとがらしている。そのスリップの紅《あか》さが、闘牛士《マタドール》の打ちふる赤布《ムレタ》のように、きみの怒りをあおり立てる。

「なんだって、ぼくを知らないみたいなふりをするんだ。」

「知らないんだもの、知らないふりしか、出来ないじゃないのさ。手を離さないと、大きな声でひとを呼ぶわよ。」

「わかったぞ。誰か部屋の中にいるんだな。男をひっぱりこんでいるんだろう、ぼくが帰らない腹いせに。」

きみは雅子を突きのけて、部屋の中へ首を入れる。一畳ほどの窮屈な炊事場のおくは、ひと間だけの四畳半。整理だんすと、鏡台と、まだ敷きっぱなしの蒲団と、それだけでいっぱいだ。ひとの隠れられるところは、一間《いっけん》の押入れしかない。きみが踏みこもうとしたときだ。

「どうしたんです、雅子さん？」

ふりむくと、九号室のドアがあいている。鎌田甚吉が前さがりのゆかたに、後歯のなくなった下駄を、履きづらそうにひきずって、近づいてきた。

多島アパートだけではない。東京じゅうで、きみがつきあいをしているのは、この九号室の夫婦だけだ。なにしろ細君が世話好きで、自分が姉さん株でつとめている

《ジャンゴ》という酒場へ、雅子を紹介してくれたのだから、嫌でもつきあわないわけにはいかない。亭主の甚吉は、きみとおなじく女房に働いてもらって、瓢簞《ひょうたん》みたいにぶらぶらしている。多島アパートはこれに似た男たちの巣なのだが、ちがうところは、賭麻雀も、追丁株《おいちょかぶ》も、甚吉はやらない。その代り、時間かまわず酒を飲む。さもなければ、プラスティック・キットとかいう組立模型に熱中している。全長じつに九十㎝、海賊《バッカニア》の大帆船が出来あがるのだそうだ。けれども、きみが引越してきたときは、どうやら斜檣《バウスプリット》が突きでたところで、きのうまでの三カ月に、前檣《フォアマスト》が立ち、大檣《メインマスト》が立ち、後檣《ミズンマスト》が立ちはしたものの、竣功はいつのことだか、わからない。甚吉にしてみれば、これが目下の生き甲斐らしい。はやばやと完成してしまうのは、惜しいのだろう。細君にもさわらせないほどで、火事になったら、これだけかかえて逃げる気だそうだ。

「ああ、鎌田さん。」

きみはほっとして、甚吉に頭をさげる。この男なら、感情問題には無関係だから、妙なことはいわないだろう。

「雅子が変なことをいって、ぼくを困らしているんですよ。」

きみは頭をかいて見せる。すると、甚吉は、なんとかいうフランスのギャング俳優そっくり、と細君の保証する窪んだ目で、きみを見つめた。

「あんた、誰だね？」

きみのからだの、毛穴という毛穴が、一時にひらいた。口もひらいたが、声は出ない。

「じっさい呆《あき》れた話だわ。あたしの亭主だっていうのよ、このひと。」

そばで雅子が、鼻柱に皺をよせる。

鎌田甚吉はいった。

「気ちがいじゃないかな、こいつ。いいから、雅子さん、あんたは、中へお入んなさい。この野郎は、おれが追っぱらってやる。」

「ちょっと、ちょっと待ってくれ。」

きみは、喉に閊《つか》えた声を吐きだす。

「悪ふざけは、やめにしようじゃないか、鎌田さん。雅子もそうだ。ぼくをからかったって、なんにもならないだろう？」

「悪ふざけは、そっちだぜ。さっさと帰ったら、どうなんだよ。」

「鎌田さん、雅子もほんとのことをいってくれ。きみたちは真実、ぼくを知らない、というのか。」

「知らないさ。」

「知らないわよ。」

きみは、ふたりの目を見つめる。

ふたりも、きみの目を見かえす。

「ぼくの顔を見たこともない、というのか、ほんとうに。」

「見たことねえな、そんな間のぬけた面《つら》。」

「あたしもよ。そんな郵便配達のカバンの裏みたいな顔。」

きみは、両手をにぎりあわした。

「たのむから教えてくれ。いったいこれは、どういうわけなんだ。鎌田さん、あんたとは三月のあいだ、顔をあわせない日がなかった。いっしょに酒を飲んだことも、一度や二度じゃない。そのぼくを知らないというのは、なぜなんだ？　雅子とは三月どころじゃない。一年も前からのつきあいだ。きみの左腰に、ほくろがふたつあることだって、知ってる仲なんだよ、ぼくは。それをなんだって、他人みたいな顔をするんだ？」

「Hなこと、いわないでよ。実地検証はお断りだけど、そんなものありゃしないわ。」

雅子は寝間着の襟をただして、ゆるんだ腰ひもをしめあげる。

「つまらねえことを、いつまでもいってると、警察へ電話かけるぜ。」

と、甚吉がすごむ。

「それじゃあ、ぼくは誰だというんだ？」

「そんなこと、知るもんかよ。」

甚吉はいきなり手をのばして、きみの背広の襟をつかんだ。拳を巻きこむように、その襟をぐいと裏返して、

「ここに〈雨宮〉とネームが入ってるぜ。あんた、雨宮なにがしっていうんじゃねえのか。」

「ちがう。ぼくは浜崎誠治だ！」

「それじゃ、どうしてひとの名前のついた服を着てるんだよ。盗んだのか。わかった。てめえ、空巣をねらいそこねて、居直る気だったんだな。雅子さん、ひとっ走り、警察へ電話かけてきたほうがよさそうだ。」

「待ってくれ。そうだ。あんたの奥さんなら、わかってくれる。」

きみは九号室の、あけはなしたドアへ、飛びこんだ。六畳に敷いた蒲団のすそから、あぶらの乗った腿《もも》一本、根もとまでむきだして寝ていた女が、びくっと起きあがる。

「奥さん。」

「なによ、あんたは！」

「奥さん、ぼくがわかるでしょう。浜崎です。雅子の亭主です。みんな、どうかしてしまったんだ。」

「甚ちゃん、いないの。変な男がきたわ。」

鎌田の細君は、横ずわりしたからだに、掛蒲団を鎧《よろい》のように巻きつけながら、金切り声をあげる。

「奥さんまで、ぼくを知らないっていうんですか。」

「おい、外へ出ないと、この腕をおっぺしょるぞ。」

甚吉がうしろから、きみの肘をつかむ。

「甚ちゃん、なんなの、この男？」

「おおかた新米の空巣ねらいだろう。見つけられて、気ちがいのまねをしてるんだよ。雅子さんの亭主だっていうんだから、いいや。まねるにも本性をあらわして、色きちがいだ。」

「おとなしく出てったほうがいいよ、あんた。あばれてそのたんすの上の、船の模型でもおとしてさ、ぶっこわしでもしたひにゃ、甚ちゃんに絞めころされるよ。あたしより大事らしいんだから。」

「さあ、出ろよ。」

もうきみには、みんなの声が遠くでしか聞えない。九号室からひきずりだされ、裏口から突きだされても、きみの足は動かない。そりのきた裏口のドアをしめながら、甚吉が薄い眉をよせる。

「いつまでも、まごまごしてると、交番へつれてくぞ、サイコ野郎。」

きみは足をひきずって歩きだす。こんな馬鹿な話があるだろうか。空想科学小説《サイエンス・フィクション》の中でなら、じゅうぶん起りうることかも知れない。けれども、これは百％現実だ。その百％の中で、きみという存在は、どういうことになっているのだろう。おれは浜崎誠治だ、ときみの意識は主張する。しかし、いまの三人は、そうではない、と反駁する。いっぽうには、きみを雨宮毅としてなら、みとめてくれる人間がいる。佑子という女と、前の細君と、いまのところはふたりだけだ。けれど、まだまだ増えるかも知れない。浜崎誠治としてのきみを、みとめてくれるべき人間は、この東京にいまの三人しかいないのだ。その三本の頼みの綱が切れた以上、雨宮派の数がませば、きみは雨宮なにがしに、されてしまうにちがいない。だいいちに、おれは浜崎だ、と主張することにさえ、多少の動揺が、すでにないでもないだろう。蝶になる前の蛹《さなぎ》の不安は、こんななかも知れない。

きみは宮園通りを、大久保へむかって歩いている。下水工事で掘りかえされた泥が、ゆうべの夕立でぬかったまま、足のはこびを妨げている。すでに乾いたところは、バスがたがた通るたびに、砂ぼこりになって、両眼を襲うのだ。きみは目を細め、肩をすくめて歩きながら、ふと考えついたことがある。きみの目下の状態は、きのうまでの浜崎誠治を、意識にもった男といってもいい。とすれば、きのうまでの雨宮毅を、意識にもった男がいるはずだ。その男も、きみとおなじように、いま矢来へんを頭をかかえて、うろうろしているのかも知れない。

きみは公衆電話のボックスを見つけて、飛びこんだ。備えつけの電話番号簿をくって、雨宮毅をさがす。すぐ見つかった番号を、十円入れて、きみはまわした。ベルが鳴って、しばらくしてから、先方の受話器があがる。

「雨宮でございます。」

餡《あん》が煮つまるような甘い響は、男の耳におぼえやすい。侑子という女の声だ。

「ご主人、いらっしゃいますか?」

しらばっくれて、きみは聞く。

「いまは出かけておりますけれど、二時半ごろには、会社のほうに出るはずですわ。どちらさまでしょう。」

「会社の電話番号を、教えていただけませんか。」

ポケットを、きみはさぐる。けれど、ゆっくり相手の声が、数字を並べはじめても、鉛筆はない。万年筆もない。あわてて五円硬貨をつかみだし、卵いろした鋼の壁をひっかいて七桁の数字のきずをつける。その番号を復誦して、

「これで、いいんですね。どうも失礼しました。それじゃあ――」

と、きみが電話を切りかけると、

「切ってしまうのは、ひどいわよ。声をつくったって、最初からわかってるんだから。ほんとの用はなんなのよ。あなた。」

「しかし、ぼくは――」

「冗談のお相手は、もういいでしょ？　さっき平野さんから、電話があったのよ。二時半までに、会社へいってね。いいこと。」

「わかった。」

きみはあきらめて、雨宮毅らしくいう。

「電話したのはね。ぼくが出たあとで、誰かたずねて来なかったかい？」

「来ないわ。どうして？」

「いや、なんでもないんだ。それじゃ、このまま会社へいくからね。」

きみは受話器をかけて、ほっと息をつく。侑子という女には、声だけできみがわかるのだ。きのうまでの雨宮毅は、一朝にして雨宮毅でなくなったことを夢にも知らず、まだどこかで、のんきにふらふらしているらしい。それとも、会社へ顔を出しているのだろうか。

きみはもう一度、受話器をはずし、壁のきずを読みながら、番号をまわした。お話ちゅう。しばらく待って、やりなおすと、こんどはすぐに受話器がはずれた。

「雨宮商事です。」

男の声だ。

「雨宮毅さん、いらっしゃいますか？」

きみは用心ぶかく、喉で削ったような声をだす。

「社長はただいま不在です。わたくし、社長秘書の平野でございますが、どなたさまでしょう。ご用件はうけたまわります。」

「ご用件というほどのことじゃないんですが、じつはその、ゆうべ酒場で、雨宮さんに、傘をお借りしたんですよ。折畳式のね。ご自分は車でお帰りだからって、初対面なのに親切にしていただいたのが、うれしくって——そのとき、名刺をいただいといたもんですから、ぜひお礼にあがりたい、と思いまして、はい。雨宮さんは、その酒場へ返しといてくれればいい、とおっしゃったんですが。」

きみは自分では気づいていないが、わりあい嘘がうまいようだ。

「それでしたら、社長のいうとおり、その酒場へおいといてくだすって、結構ですよ。そうですか。ゆうべ社長は飲んだんですか。すると、まだ出てこないのは、ハングオーヴァのためらしいですな。」

「なんですか?」

「二日酔ですよ。」

「ああ。ところで、つかぬことをうかがいますが、社長さんは、どんな方でしょう?」

「とおっしゃいますと?」

「顔つきやなんか……人相といっちゃあ、変ですが、じつはこっちも酔っていて、うろおぼえなもんで。」

嘘をついたのは、これを聞くためだ。

「顔は面長《おもなが》ですよ。めがねはかけてません。特長といえば、そうですね。右の目の下に、ほくろがあります。俗に〈泣きぼくろ〉というやつです。それから——左の生えぎわに、小さな鎌形の傷があって、あまり目立ちはしませんがね。近くで見れば、わかります。口数は少いほうですが、酔ってくると、知らないひとにでも、話しかけますよ。あなたにも、そうだったんじゃありませんか。」

きみの指は、平野の声につれて、右の目の下のほくろにふれ、左の生えぎわの傷にふれて、そこで動かなくなった。きみの下くちびるは垂れさがり、面長の顔がいよいよ長く見える。きみは無言で、受話器をかける。

電話ボックスを出ると、きみは、額の汗をふいた。歩きだす気力もない。乾ききった目を、きょときょとと動かす。*TOBACCO*と白抜きした看板が、赤く目立った。その先に、そば屋の暖簾《のれん》がゆれている。きみはハイライトをひとつ買って、そば屋へ入った。天井の上を註文してから、タバコの封を切って、マッチをさがす。ズボンのティケット・ポケットに、細長い銀のライターが入っていた。ダンヒルのブタンガス・ライターだ。火は幽霊のように青白い。だが、短距離選手の幽霊みたいに、威勢よく燃えあがった。

タバコを一本けむりにし、天丼を平らげおわると、きみも人間らしくなる。人間らしくなると、ファンタスティックな考えは、信じられなくなる。きみは雨宮毅ではない。やっぱり、浜崎誠治だ、と思う。どこかで、なにかが、間違ったのだ。ゆうべの記憶に残っている酒場へ、これからいってみよう、ときみは決心する。

元気をとりもどした足どりで、きみが暖簾をくぐると、目の前に電話局通りの車の波があった。

きみは車道を横断しようとして、左右を見まわす。すると、前にルノオがとまった。六十円タクシイだ。運転手が問いかけるように、きみを見あげる。客の少い時間のせいもあるだろう。だが、いつもならいくら立っていたって、手をふらないかぎり、きみの前にはとまらない。まあたらしい〈雨宮毅〉の背広のおかげだ、と思うと、中味の浜崎誠治は腹が立つ。しかし気のせいているときだ。むっとした顔つきのまま、きみはドアのハンドルに手をかける。

「新宿までやってくれ。都電の終点のところでいい。」

運転手は短距離なので、がっかりしたらしい。うなずきもしないで、メーターを倒すと、車をスタートさせた。

「ここじゃ、まわれませんからね。少し先へいってから、引っかえしますよ。」

交叉点を越えて、十五mばかりいってから、ルノオはUターンした。

きみたちのあとを走ってきた車の列が、右がわの窓に見える。交叉点の信号が赤に変り、ルノオがスピードを落したので、その列の中に、五八年のシトロエンのいるのが、きみの目にとまった。フォックスのめがねをかけた若い女が、運転している。

「さっきの車だな。」

と、きみはひとりごとをいう。

それを運転手が聞きとがめた。

「えっ、なんです？」

「なんでもないんだ。一時間ばかり前に、牛込のほうで見かけた車と、すれちがったもんだから。」

「車は動いてますからね。どこであっても、不思議はありませんさ。あたしなんざ、八時間のあいだに、おんなじ客を、三回のせたことがありますよ。三度めには、さすがにちょっと、気味が悪かったね。」

「まさか、お坊さんじゃなかったろうね、そのお客。」

「そこまで話は出来ちゃいませんや。」

運転手が話しかけなかったとしても、きみがうしろをふりかえったかどうかは、おぼつかない。だが、ふりかえっていたならば、国電ガードの手前で、シトロエンが列を離れて、Uターンするのを見たはずなのだ。

きみはコマ劇場へ入る通りの手前で、ルノオをおりる。都電の線路をわたった。住友銀行と富士銀行の、あいだへぬける露地に、入っていく。その中ほどに、《バルドオ》というトリス・バアがある。ゆうべ最初に入ったのは、鰻の寝床の壁いっぱいに、お馴染みブジッド・バルドオの腹んばいヌードを、でかでかと引伸して貼ったこの店なのだ。*BARDOT*と白く浮かした黒いドアを、きみは叩く。

隣りの薬局の店さきで、商品の並べかえをしていた男が、声をかけてきた。

「そこは、きょう休みですよ。ゆんべ、ほら、東上線の中板橋で八十何人重軽傷って、事故があったでしょう。あれでマダムの娘さんが、大怪我して入院したらしいんです。マダムから、うちへ電話がありましてねえ。女給さんやなんかに、臨時休業するから、つたえてくれって。さっきもバーテンさんに、教えたとこなんですが。」

「そうですか。どうもありがとう。」

きみは、もとの都電通りへ、引っかえす。また線路をわたって、コマ劇場の裏手まで、いく。キャバレやナイト・クラブが並んだ通りを、新田裏のほうへ歩いた。ゆうべ通ったときは、左がわに高級車がずらりと並んで、道をせばめていたものだ。けれど、いまは往来のひともまばらで、右がわの有料駐車場の塀外に、屑屋の荷車が並んでいる。

区役所通りへでる少し手前で、きみは、右がわの露地を入った。ガラス障子をしめた間口一間の店が、古本屋の棚のように、ぎっちり並んでる。きみはガラス越しに、ひっこめてある暖簾の文字を読みながら、奥へすすんだ。《ピンク・ニンフ》という片仮名を、ネオン・チューブで軒に御わせた店がある。目立って大きな洋風の店だ。張出し看板の、やはりチューブで輪郭だけをとった、臨月みたいに腹の不恰好な人魚に、見おぼえがある。たしかそのまん前の、《美春》という店だった。

「こんにちは。」

きみはガラス障子に手をかける。

「どなた？　あいてますよ。」

思いがけず、すぐ内がわで、割れた声がする。

建てつけの悪いガラス戸をあけると、中は客が八人も入ればいっぱいのたたきだ。曲尺《かねじゃく》なりのカウンターが、奥へむかってのびている。その内がわで、酒壜の列を背に、割烹着すがたのマダムが、電気冷蔵庫によりかかるようにして、めしをくっている。その顔に、眉のない、おしろい焼けした長い顔の下半分が、いそがしく動いている。

きみは頭の中で、眉をかき、おしろいを軽くはたいてみて、

「ああ、あんただ。ぼくをおぼえているでしょう？」

「さあ、どなただったかしら？」

「ほら、ゆうべ、夕立がふりはじめたとき、あわてて飛びこんだ客だよ。」

このへんは、売春禁止法が効力を発揮するまでは、最低の色街だった。東京へ出て

きて間のないきみも、話だけには聞いている。そのあとがいまもそのまま、飲み屋になっている、というのを思いだして、ふと足がむいた。きてみると、派手なネオンや提灯《ちょうちん》の下に、どぎつい化粧の女たちが立って、客を呼んでいる。売るものはちがったのかも知れないが、売りこみかたは、ちがわないようだ。

ひっぱりこまれたら、ふんだくられると覚悟しろ、といわれていたので、警戒しながら、露地をぬけ、区役所裏へ出ようとすると、いきなり、雨がふりだした。それが《ピンク・ニンフ》のネオンの下を、通りすぎようとしたときだった。見ると、すぐ前の《美春》という店には、マダムがひとり、カウンターの中にいるだけだ。危険信号のように化粧した女はいない。ここなら大丈夫だろう、と雨に追われて飛びこんだのだ。

「思いだした!」

マダムはぴしりと、カウンターを叩く。

「あんた、社長さんだったわね。」

「社長? ぼくがかい。」

「おつれのひとが、そういってたわ。おたくの名前も、教えてもらったっけ。雨宮さん。そうでしょう?」

「雨宮というのは、もうひとりの男のことじゃないかな。」

「そのもうひとりのひとが、おたくのことを雨宮さんって、呼んでたのよ。間違いないわ。雨といっしょに飛びこんできて、お宮の下へすわったから、雨宮さんだっていって、そのひとが笑わしたから、おぼえてるの。」

マダムは店の奥をゆびさす。なるほど、突あたりの板壁に、大神宮さまが祭ってある。その下にすわったおぼえが、きみにもある。

「いま思いついた名前じゃないのって、あたしがいったら、おたく、ほんとにほんとだっていって、背広のネームを見せてくれたじゃない。」

「ぼくはゆうべ、上衣《うわぎ》を着ていなかった。」

「そういや、着てはいなかったけどさ。かかえていたようだったわ。」

「この服かい？」

「もっと白っぽいやつだったかな。そんな気がするんだけど。」

「だいいちぼくは、ここへひとりで来たはずなんだ。つれはなかった。」

「いたわよ。おふたりずれだったわ。」

「ひとりのはずだ。思いだしてくれないかな。」

「どうしておたく、そうしつっこいの？　どっちだって、大したちがい、ないじゃないのさ。」

マダムは茶碗に残ったためしへ、土瓶のお茶をざぶざぶかけた。

「それが大したちがいなんだ。なんとか思いだしてくれないか。損はさせないよ。」

きみは内ポケットから、千円紙幣を一枚ひっぱりだす。カウンターの上に、それをひろげる。

「口あけをしよう。といっても、いまごろから酒を飲んでもいられないから、お茶でもらうことにして。」

「そんなに大事なことなんですか?」

マダムは茶碗と利休箸を、カウンターの下の流しへ片づけながら、

「そういえば、おたくのすぐあとから、入ってきたお客さんは、すぐ帰っちゃったんだわ。オン・ザ・ロックいっぱいで。」

「そうだ。そのときはぼくもまだ、それほど酔ってなかったから、おぼえている。皮のジャムパーをきた若い男だった。」

「そのジャムパーを頭からかぶって、威勢よく駈けてったわ。こいつはやむまで待ってたら、破産しちゃう、とかいって。」

「雨がいちばん、激しくなったころだ。」

「キャッチにでてた《ピンク・ニンフ》の女の子が、濡れ鼠になって帰ってきて、盥《たらい》にのって漕《こ》いでくひとがいるわ、なんて、冗談いってたくらいだから。」

渓流のようになった露地を、しぶきをあげて、女が駈けてきた。それが、客のいない前の店へ、ソフト・クリームみたいな頭から先に、飛びこんだのは、きみもおぼえている。

「おへその裏まで、雨がしみちゃったよお。ああ、気もちわるい。」

と、わさびおろしにかけたような声で、その女はいった。と思うと、いきなり、遠火事みたいに赤いサック・ドレスをまくりあげて、すぱっとぬいでしまったのには、きみも目を見はったものだ。下には黒いパンティひとつ。豊満なバストを恐れげもなくこちらへむけ、薄暗い店の中に大跨に立ちはだかって、

「ねえさん、なにか着るもの、二階からもってきてくれないかなあ。」

「持ってきてから、ぬいだらいいだろ。お客が入ってきたらどうするのさ。」

ねえさんと呼ばれた女がいうと、裸のほうはタオルでごしごし、病的に白いからだを、パンティの中まで、拭きながら、

「よろこぶだろうね。でも、この雨じゃあ、客なんか来ないよ。」

「雨やどりってことも、あらあね。」

「それなら、こんな奥まで来ないうちに、どこかでとっつかまっちゃうよ。」

とたんに停電。雨音が猛然と高くなった。

「そのへんまでは、おぼえてるんだ。マダムが蠟燭《ろうそく》をつけたね。」

出されたぬるい番茶を、すすりながら、きみはいう。

「ええ、雷がひどかったわ。でも、停電のほうは、蠟燭をつけてから、二、三分で直って……そう、電気がついたばかりのところへ、あのひとが入ってきたんだ。そうだったわね。」

「酔いがまわって、そこいらから記憶が怪しくなってくる。なにしろ、ここが二軒目だった。」

「そういえば、がくっと酔ったようだったわ。」

「ここでは日本酒だったろう。前にトリス・バアで、水わりを三、四杯やってたんだ。」

「ちゃんぽんは酔うんだわ。」

「ところで、その、あとからきたひとのことだけど、どんな男だった。」

「あまり、特徴のないひとだったわね。」

「初めての客かい？」

「ええ。ゆうべはふりのお客が多かったの。おたくもそうだし、皮ジャムパーのあんちゃんもそうだし。」

マダムは楊子で、黄ばんだ歯のあいだをせせりながら、いった。

「なにかおぼえていないかな。」

「おぼえているのは、おたくを雨宮さんとか、社長さんとか、そのひとがさかんに呼んでたことだけ。なにしろ、あたしもおたくたちのご馳走になって、酔っちゃったでしょう。だいたいが、おつむのいいほうじゃないんだから、無理なんだ。」

「勘定はどっちがはらった。」

「おたく。そういうことは、おぼえてるの。背広のポケットから、おさつを挟んどくやつ出して、はらってくれたわ。」

「これかい？」

きみは内ポケットから、紙幣挟み《ビル・フォールダー》を出してみせる。

「それよ。すてきな紙入れねって、あたし、ほめたじゃない。」

「そうだったかな。ぼくが帰ったのは、何時ごろだったろう。」

「雨があがってから、だいぶたってたけれど、十時はすぎてなかったと思うわ。うちのお馴染みさんが、三、四人できて、国電がとまって、駅は混雑してるし、タクシーもひろえないって、話が出てさ。それじゃあ、河岸《かし》を変えて、ゆっくり飲もう。ここは狭くなったから後進に席をゆずってって、おたくたち、出ていったのよ。」

「それだけおぼえてて、その男の顔が思いだせないかなあ。」

「なにしろ、めがねもかけていなかったし、ぞっとするほどいい男でもなかったし。いっそ落語の痴楽みたいな顔なら、それでまた、おぼえやすいんだけど。」

「年はいくつぐらいだった？」

「あまり若くもなかったし、それほど老けてるようにも見えなかったし。」

「それじゃ、なんにもわからない。」

「ほんとに、なんにもわからないのよ。」

マダムは嫌気がさしたようだ。

きみはがっかりして、ガラス障子の外を見る。《ピンク・ニンフ》のドアがあいて、ゆうべの裸の女が出てきた。いまはもちろん、裸ではない。だぶだぶのバルキー・シャツに、縞のあせたトレアドル・パンツ。ビニールの〈割れないしゃぼん玉〉というやつを、大きくふくらまして、露地口へ駈けていく。その昔、しゃぼん玉を追いかけて、崑崙山までいったという支那の王子、とまではまさかに見えないが、とにかく、まるで男の子だ。ゆうべの印象とは、ぜんぜんちがう。

きみはまた、《美春》の店内を見まわした。とたんに、はっと思いだす。

「ぼくがくる前から、もうひとり、お客がいたね、その隅のほうに。」

カウンターをさっきのように、曲尺《かねじゃく》にたとえるならば、ちょうど妻手にあたるすみっこに、男がひとり、すわっていたのだ。燗酒を大きなグラスになみなみつがせて、ものもいわずに、ちびりちびり飲んでいた。

「あの男は、ずっといたんじゃないのか？」

「ああ、あのひとなら、おつれさんをおぼえてるかも知れないわ。ひとの顔をおぼえるのが、うまいそうだから。」

「お馴染みさんかい？」

「ええ。」

「名前は？」

「知らないの。うちでは〈殺し屋さん〉って呼んでるわ。」

「殺し屋？」

「ほんとにそうなんだか、どうだか知らないけどさ。うちへ最初に〈殺し屋さん〉をつれてきたひとが、そう紹介してくれたわ。」

「どこに住んでるか、知らないかな。」

「あまり遠くじゃないようよ。そうね。昼間よく《シャウト》にいるって、いってたから、いまごろだったら、いるかも知れない。いってみたら？」

「《シャウト》というのは？」

「日活の映画館のうしろのほうにあるわ。ちょっと変った喫茶店よ。」

「その殺し屋、どんな顔をしてる？」

「困ったなあ。あたし、顔の説明には弱いんだよ。そうだ。そこでも〈殺し屋さん〉で通ってるはずよ。女の子に聞いてみればわかるんじゃないかな。」

「そうしよう。そいつがちょうどそこにいれば、ぼくだって顔を見て、思いだすだろうしね。」

きみはいくらか元気をとりもどして、粗末な円椅子から、腰をあげる。

0:57 p.m.

コンクリートの壁から、細い鉄の棒が一本つきでて、黒光りした銅鑼《どら》を、ぶらさげている。アメリカふうのタム・タムではない。どうやらタイでガムラン音楽につかう、コング・フイという中型の銅鑼のようだ。いずれ誰かが戦争ちゅう、南方からもちかえったのが、古道具屋に流れだしたものだろう。その表面にまっ赤な文字で、*SHOUT*と跳ねあがるように書いてある。

喫茶とも、コーヒーとも、書いてない看板も変っているが、《大声《シャウト》》とは妙な名前をつけたものだ。汚れたコンクリートの階段が、地下にくだっている。《シャウト》は地下室の店らしい。

きみは階段をおりていく。ステンシルふうの書体で、MODERN JAZZ & COFFEE/SHOUTと二行に、白く浮かしたポリエステルの黄いろいドアが、内がわに大きくひらいた。とたんにジャズの大音響が、まっこうから襲いかかってくる。きみは一歩入って、立ちすくむ。

「いらっしゃあい。」

目の前に女の子が五、六人、道をひらきながら、声をそろえる。みんな目の下に墨を入れている。だが、口紅はつけてない。上半身はむきだしの肩、腕、胸。乳と腹だけ黒くおおって下半身はこれもまっ黒なバレエ・タイツ。長い足が、床をふんでいる。地肌のままの、ざらついた床。

右の壁も、左の壁も、地肌のままのコンクリート。装飾はなにもしてない。奥の壁に四角い写真が、ずらりとかけてあるだけだ。黒人の顔が多い。赤いバックにまっ黄いろなサックスをだいて、胸をそらした長い顔。海水浴にいってきた鍾馗さまみたいなまるい顔。顎鬚《あごひげ》をとがらして、竹の柄のめがねをかけた気むずかしい横顔。市街電車にステップ乗車して、レインコートの手をふっているのも、おなじ男らしい。そうかと思うと、大きなお尻をくねらして、踊っている黒いヌードのうしろ姿もある。なであげたいようなストッキングの足だけもある。どれにも横文字が入っているのは、ジャズ・レコードのジャケットらしい。

入り口のすぐ右がわに、まっ赤に塗ったドラム缶がすえてある。その上には、平べったい現金登録機《キャッシュ・レジスター》。これが勘定場《レジ》なのだ。その前から奥へかけて、ずらり並んだテーブルもまっ赤。椅子もまっ赤。ドアに近いそのひとつに、きみはすわった。クッションの具合は、悪くない。テーブルも、どっしりしている。このふたつには、金がかかっているらしい。その代り、テーブルの上の灰皿は、輸入品の缶詰の空き缶だ。

店の中を、きみは見まわす。客の頭は七つか八つ。ところどころに天井から、麻縄がぶらさがってる。その先に、これも缶詰の空き缶を細工したモビルがさがって、ふらりふらふらゆれている。オブジェの首吊《ネクタイ》パーティだ。隅のほうに、竪型《アップライト》のピアノが一台、古色蒼然、おいてある。そのまうえの天井に、大きな蜘蛛の巣がかかっている。だが、本物ではないようだ。その前には、立派な顎鬚をはやした貧相な男。青ずんだ顔を垂れてすわっている。いまはピアノをひいてはいない。まばらな客とともに、レコードのジャズにあわして、ひょいひょい膝をゆすってる。

いまやっているレコードは、聞きづらいものではない。アルト・サックスのテーマを、アルトとコルネットの和音《ユニズン》がくりかえすごとに、どしんとドラムが拍子《ビート》を入れて、よいとまけみたいだ、ときみは思う。キャノンボール・アダリイ・クインテットの《ワーク・ソング》だ。黒人の労働歌がもとになったやつだから、きみの感じかたも、間違っているわけではない。

テーブルのあいだを、ウェイトレスたちが、黒いヒップでスイングして、すいすい往きかう。黒猫の散歩。ここはビート喫茶というやつなんだな、ときみは思う。そこへ、ウェイトレスがひとり、やってきた。

「ご注文は？」

水の入ったグラスを、ドラムにあわせて、とんときみの前におく。見あげると、小鼻の力んだ威勢のいい顔立だ。長い髪を茶いろに染めて、背中に垂らしてる。まだ、はたちには、なっていまい。だが、胸や腰は何年も前に生れたらしく、背も高い。

「コーヒー。」

「百円いただきます。」

アメリカ式の先払いだ。きみは女の子の顔を見あげたまま、ポケットをさぐる。

「ちょっと聞きたいんだがね。殺し屋というひとが——あだ名らしいんだが、いまここに来ていないかしら。」

「殺し屋？」

女は目を大きくする。むきだしの肩をすくめる。右腕の肩のまるみのすぐ下に、いぶし金の蜥蜴《とかげ》がいっぴき、尾っぽをくわえて巻きついている。妙なところに、妙な腕輪をしている娘だ。

「そういえばわかる、と聞いてきたんだけど。」

「あたしは知らないなあ。だったら、あのお客さんに聞いてみたら、いいわ。」

ぞんざいな口調で、女はいう。銀のマニキュアをした指で、隅のボックスをさしめす。青く剃りあげたまん中へ、西瓜《すいか》の皮をのせたみたいに、ひとすじの髪をのこした頭が、そこに見える。

「あのインディアンみたいな頭をしたひとかい？」

「ええ、そう。芸術家なんだって。とっても奇抜な絵をかくそうよ。」

「ありがとう。コーヒーはここへおいといてくれればいい。」

きみは立ちあがる。とたんに曲が変って、ボビイ・ティモンズのピアノが、力強いイントロを叩きだす。リヴァサイド12-322というこのLPの二曲目、《ダット・デア》だ。ということは知らなくても、腹にこたえる響に、きみの足は元気づけられて、隅のボックスにすすむ。

指を鳴らしながら、膝をゆすっていた若いニグロが、顔をあげる。ピンクのスポーツ・シャツを着て、チョコレートいろの長い顔に目だけが大きい。その前にすわった日本製モヒカン族は、黒シャツの上に、いまはスウェイドのスポーツ・コートの、藍鼠いろのやつをひっかけている。だが、見おぼえのあるバスの中の男だ。

「さっきはどうも。」

と、思わずきみは、いってしまう。

モヒカン族は、怪訝な目をした。

「ええ？」

「いや、午前中にバスでおあいしましたから。」

「そうだったかな。なんか用ですか？」

「実はちょっとおうかがいしたいんです。殺し屋さんはきていませんか？」

「殺し屋？　ああ、あいつか。」

長方形のファイバー・ボックスに入ったような肩を、大きくゆすって、店の中を男は見まわす。

「来てないな、いまは。」

「いまごろ、どこにいったらあえるか、ご存じじゃないですか？」

「家にいるだろうね。代々木の共産党の近くだよ。」

「ところ番地、わかりますか？」

「そいつは知らないが、地図なら書いてあげられるぜ。」

「お願いします。」

モヒカン族は、テーブルの揚板につっこんであった小さなスケッチブックを、ひっぱりだす。白紙を一枚、やぶりとってから、ニグロのほうへ顎をしゃくる。

「Scratch?」

ニグロはうなずいた。ポケットからパーカーをぬいて、わたしながら、

「Who?」

と、きみを目であおる。

「Just stranger. He's askin' whereabouts Killer.」

と、モヒカン族がいう。

「Oh, Dat funky cat?」

「Yeah. He's really hates cats, you know?」

「I know. Cat eat cat. Tomo-gui.」

ニグロは笑う。鉋屑《かんなくず》の笛みたいな声だ。

なにを喋ったのか、きみには早口すぎて、わからない。だが、なんども猫《キャット》といったのは、わかった。それに、最後のTomo-guiというのは、どうやら日本語の、共食いらしい。

「これで、わかるだろ。はい。」

と、モヒカン族が地図をさしだす。

「どうも、どうも。ほんとにお手数をかけてしまって。」

きみは地図を折りたたんで、ポケットに入れる。ニグロはもう、睫毛《まつげ》の見えない目をとじて、からだをゆすっている。

「Oh, man?」

と、かすれた声をあげて、指を鳴らす。

「殺し屋さんのほんとの名前を、ついでに教えといてください。」

「ええと、変った苗字でね。たしか、鈴置《すずおき》というんだ。」

さっき注文したコーヒーが、分厚い瀬戸のカップの中で、かすかな湯気をあげている。腰を落ちつけて、それを飲んでいるゆとりはない。きみは、テーブルのわきをすどおりして、黄いろいドアをおしあける。

往来へあがると、急に暑さがこたえた。冷房のきいた地下から、出てきたせいだろう。それに曇った空にも、やぶれめが出来た。鮮烈な陽ざしが、この狭い露地にまで、落ちこんでいる。ビート鬚をつけて、南京袋みたいな服をきたサンドイッチマンが、三越裏のほうから、こっちへゆっくり歩いてくる。骨だけのこうもり傘のまわりに、白地のてぬぐいを輪つなぎにぶらさげて、それへ、**ふあんきい喫茶しゃうと**、と前衛書道もどきに横書きしたやつを、頭上にひろげて、くるくるまわしている。

きみはサンドイッチマンに追われるように、トロリイ・バスの通りへ、足を早める。タクシイをひろえば、代々木までは目と鼻だ。きみは運転手に地図をわたした。

「檀那、この露地の奥らしいんですがね。車は入りませんぜ。」

車がとまると、運転手はいった。ふりかえって、地図を返しながら、きみの服と窓の外とを見くらべて、怪訝そうな目つきを、ふと見せる。

きみは料金をはらって、ドアをあける。そこは、戦前からのものらしい陰気な家並みの、狭い通りだ。煮しめたような低い軒が、左右から突きだして、道をいっそう窄《せば》めている。ことにいま、きみが入っていこうとしている露地は、左右の家が傾きかかって、細長い空をふさごうとしている。地面に敷いた炭俵は腐って、靴をのせると、泥水がしみだしてくる。豆腐の上を歩く足どりで、奥へすすむと、煮魚のにおいと便所のにおいが、いっしょになって、鼻を襲った。たしかにきみの服装とは、とりあわせのつかない環境だ。

上から下まで、割れめの入った丸柱に、まっ黒な板がかかっていて、顔を近づけると、浮いた木目の上に、魁《さきがけ》荘、とかすかな墨あとが残っている。いったい、なんの先駆けというつもりだろう。屋根瓦がずれて、落ちかかっている軒下で、汚れたパンツひとつの子どもたちが、めんこをしている。

「坊やたち、このアパートの子かい？」

きみが声をかけると、青黒い顔を、まぼろし探偵の紙のお面で、半分かくした男の子が、ふりむいた。

「そうだよ。」

「鈴置さんの部屋を、教えてくれないか。」

「そんなひと、知らねえな。」

「それじゃあ、殺し屋さんてあだ名のひとだ。」

「ああ、あのおじさんなら、さっき出てったよ。」

「どこへいったか、知らないか、坊や。」

「その先の横丁に入ったな。まだいるだろ。けどよ、おじさん、殺し屋ってのはあだ名じゃないんだぜ。ほんとの殺し屋なんだから、気をつけたほうがいいよ。」

「ああ、気をつけよう。ありがとう。」

きみはようやく、手がかりらしいものに近づいたので、機嫌がいい。漫画のお面の子どもに調子をあわせて、富士警部みたいにうなずくと、露地の奥へすすんだ。

戦前の建てかたなので、家と家のあいだには、ひとの通れる隙間が、かならずある。

庇《ひ》あわい、といういまはわすれられた言葉が、ここではまだ通用しそうだ。その庇あわいを、ひとつひとつ、きみはのぞく。すると、右がわのふたつめに、よれよれのワイシャツの背中が見えた。男がひとり、しゃがんでいる。ちょっと見ると、大便の姿勢だが、ズボンをはいているから、そうではないらしい。

足もとの土は、一年じゅう、乾いたことがないのだろう。陽もさすことがないようだ。どこもかしこも、かびくさい。元気のない赤ん坊の泣き声が、弱音器《ミュート》をかけたトランペットみたいに、聞える。その即興演奏《インプロヴィゼーション》に、機械の音が、リズムをつけている。すぐ近くに印刷屋があるらしい。かすかな猫の鳴き声も聞える。

男はうつむいている。ぼさぼさの髪の、ふくらんだ後頭部だけが、見える。そのむこうに白く煙が立つのは、タバコを吸っているのだろう。きみは近づいて、声をかける。

「鈴置さん。」

「しっ。」

「鈴置さん。」

「うるさいな。大事なところなんだから、静かにしてくれよ。」

「手間はとらせませんよ、鈴置さん。」

「あとにしてくれ。もうじき、息をひきとるんだ。」

「えっ。」

きみは思わずのびあがって、〈殺し屋〉の頭上に、顔をつきだした。同時に相手も、上を見あげる。寸づまりの顔は、輪郭だけが子どもっぽい。だが、荒っぽく刳《えぐ》ったようにに頰がこけ、面積の減ったところへ持ってきて、大きな目、鼻、口が、憂鬱そうにひしめいている。皮膚のいろが、にごっているのは、胃が悪いのだろう。大きなロイドめがねが、なんとなく滑稽だ。

「たしかに、あんただ。」

きみの声は、うれしそうだ。

「誰だい？　知らないひとだね。いや、そうじゃない。見おぼえがある。ゆうべ、《美春》であったたな。」

「そうなんです。そのときの話で、教えてもらいたいことが……」

「あとにしてくれ。もうすぐすむから。」

鈴置はまた、タバコをくわえて、下をむく。

濡れた泥の上に、白いものがうごめいている。小さな猫だ。小さな声で、悲しげに鳴いている。さっきから、聞えていたのは、この鳴き声だったのだ。ようやく目が見えるようになったぐらいの大きさだが、ものすごく瘠《や》せている。水たまりにでも落ちたのだろう。白い毛が雑布みたいな色になり、いくつもの房によじれて、突っ立っている。両方の目はつぶっていた。そのまわりが焦げた色して、ただれている。細い足には、からだをささえる力が、もうないらしい。四本の足を踏みはだけて、ようやくからだを持ちあげている。だが、腰は右にゆれ、肩は左にゆれて、歩くことはおぼつかない。細い首には不釣合いに、やや大きめの頭をがくがくふって、踏みだしてはみるのだが、踏みだす肩が前にのめって、ごろんところがる。尻あがりに声をしぼりながら、薄桃いろの腹を見せて、足が宙をひっかいている。

「どうしたんです？」

「死にかけているのさ。」

鈴置の声は、楽しげだ。

猫はどうやら、起きなおった。あいかわらず鳴きつづけているが、声のとぎれめは、前より長い。激しく鳴いているかと思うと、その声はだんだんかすれて、しまいにクウクウいうだけになる。自分では鳴いてるつもりなのだろう。そのうちにまた気がついて、激しく声をしぼりだすのだ。足のひらきも、前よりひろい。しかも、こまかくふるえている。頭だけは歩きだそうとするが、ふるえる足はついていかない。一、二歩あるいて、またころげる。こんどは横だおしになったまま、しばらくは動けない。

腹だけがゆるく、波うっている。懸命に首をもたげた。声が一段と鋭くなる。

「なかなか、しぶといな。」

鈴置は手をのばした。親指の腹にまるめたひとさし指を、ぱちんとはじいて、猫の額を打った。がくっと濡れた頭が落ちる。とたんに足が、猛烈にもがいた。

「めくら猫ですか。」

と、きみはたずねる。

「ちがうよ。おれがタバコの火をおっつけたんだ。」

「かわいそうに。」

猫には関心のないきみも、思わずつぶやく。

「なにが、かわいそうだよ。」

鈴置はいきなり、立ちあがる。猫をまたいで、きみとむかいあった。

「だって、こんな小さな猫を……ずぶ濡れで、死にかかってるのに。」

「それも、おれがやったんだ。バケツの水につっこんで、死にかかったやつを、ここへ抛《ほう》りだしたんだよ。」

「なんだって、そんな……」

「おれは殺し屋だからね。」

「けれど、猫まで――」

「猫だから、殺すんだ。人間を殺したことはないさ。殺したいとも思わないしね。ほかの人間を、みんな殺しちまったら、おれが食っていけなくなるからな。酒も飲めなくなる。だが、猫なんかいなくなったって、人間は困らない。」

「鼠がふえて、困るでしょう。」

「猫いらずの新しいのが、いろいろ出来てるよ。だいいち、近ごろの猫は、鼠をとらないね。食糧事情が好転したせいだな。飼猫は自給の必要がなくなって、なまけものになった。野良猫も台所屑をあさるほうがやさしいから、鼠を追わない。要するに猫は無用の長物なんだ。おれは東京じゅうの猫を、みんな殺しちまいたいと思ってる。」

「殺し屋、というのは、じゃあ、猫専門の殺し屋のことなんですか。」

「そうさ。このあたりじゃあ、有名だよ。有名になって、困ることもある。野良猫にしか、手が出せなくなった。飼猫は殺さないから、安心なさい、ということに一応なってる。まあ、見つからないように、やればいいんだが……」

「やっぱり、皮を売るわけですか、三味線屋に。」

「馬鹿をいえ。」

鈴置は短かくなったタバコを、憤然と地べたに叩きつける。

「おれは無償の殺し屋だ。猫の挑戦に応じて、孤軍奮闘してるんだぜ。」

「挑戦というと？」

「おれは猫に嫌われてるんだな。生れかわりなんてことは、信じないほうなんだが、ときどき考えることがある。おれは前世で、猫の王様だったんじゃないかって。それが革命で殺されて、人間に生れかわった。おれは猫だったことをわすれているが、猫のほうはおぼえている。あすこに玉座を追われた馬鹿がいるって、猫どもは、おれを見やがるんだ。」

鈴置は憂鬱そうに、目をしばたたく。

「猫という猫が、おれを軽蔑の目で見やがるんだ。屋根の上から、睨んでいる。通りすがりに、じろりと見る。歯のぬけたおいぼれ猫から、目があいたばかりの小猫までだ。これが挑戦でなくて、なんだってんだよ。」

気がつくと、目が熱っぽく光りだしていた。

「挑戦されて、男が黙っていられるか。あんた、猫の首を両手でしめたことが、あるかね？　素手じゃいけない。相手はひっかくからな。皮手袋を軋ませて、首の骨がパキッというまで、じわじわしめこむのは、乙なもんだ。石で頭を叩きつぶすのは、豪快だしな。小さくつぼんだ尻の穴へ、焼火箸をずぶずぶ突っこむのも、おもしろいが、これは性的《セクシュアル》な連想をともなうから、健全とはいえない。平凡だが、勝利感を味わうには、食ってしまうのが、いちばんだね。おしゃます鍋というのは、きみ、懐古趣味横溢で、いきなもんだぜ。」

　こいつ、頭がどうかしているらしい。きみはだんだん、がっかりしてくる。だが、きみの顔をおぼえていたことを、わすれてはいけない。この男は偏執病《パラノイア》なのだろう。そうだとすれば、猫に関すること以外は、まったく正常であるはずだ。

「死んだな。」

　鈴置は視線を落として、うれしそうにいう。猫はいつの間にか、冷蔵庫にしまいわすれたはんぺんの煮つけみたいになって、びくりとも、もう動かない。

「生きかえるといけない。万一ということもある。」

　いきなり、猫の頭を、踏みつぶした。小さな頭蓋が、ぐしゃっとつぶれる音がする。きみは逃げだしたくなった。ところが、鈴置は急にひとなつっこい微笑を浮べて、

「やあ、お待たせしました。どんなご用です？」

「実はちょっと、お願いしたいことがありまして。」

「それじゃあ、ぼくの部屋へいきましょう。汚いところですが。」

　鈴置はさきに立って、庇あわいを出ていく。魁荘の玄関は、まださっきの男の子た

ちで、ふさがれていた。ほかの子どもはしゃがんで、めんこの音をさせているのに、まぼろし探偵のお面をかぶった子だけが、ぼんやりと立っている。

「どうした？　やられたのか。」

鈴置は笑いながら、その子の頭を叩く。

「みんな、とられちゃった。」

「そうか。よし、これで軍備を補充してこい。」

ズボンのポケットから、皺くちゃな百円紙幣をひっぱりだして、鈴置は敗軍の将にわたした。

「ありがとう。おじさん。」

まぼろし探偵は、空飛ぶオートバイに乗ったみたいな勢いで、往来めがけて走りだす。駄菓子屋へ飛んでいったのだろう。

「おつりはちゃんともってこいよ。」

その背へ鈴置は声をかけて、薄暗い玄関へ入った。すぐ左手に階段がある。さきに立って、それをのぼった。

「穴があいてますからね。気をつけてくださいよ。馴れない人は、かならず足をとられるんだ。」

部屋は二階のとっつきの、四畳半だった。赤茶いろにすりむけた畳の上へきみが膝をつくと、鈴置はぼさぼさの髪の毛をひっかきまわして、

「残念ながら、座蒲団がないんです。気ごころの知れたやつなら、夜具をひろげるとこなんだが、初対面の方じゃ、そうもいかないな。新聞でも敷きますか。」

「いや、このままで大丈夫です。」

「そうですか。」

鈴置は窓をあけた。窓の外は隣りの家の板羽目だ。あけたところで、大したちがいはなかったが、いくらか呼吸がしやすくなる。部屋の中を、きみは見まわす。壁ぎわに、みかん箱がおいてあって、その上に、いびつになったアルマイト鍋と、汚れた茶碗がのっている。ほかには、道具らしいものはない。鴨居に針金が張りわたしてあって、シャツや、ズボンや、手ぬぐいがぶらさがっている。

「ところで、ぼくに頼みというのは、なんでしょう？」

鈴置はきみの前にあぐらをかいた。ズボンのポケットから、光の箱をひっぱりだす。灰皿がわりの空き缶を、膝の前へひきよせた。もとは、いわしの缶詰らしい。小判形の空き缶だ。

「どうです、一本。」

鈴置は光の箱を、ひらいてさしだす。

「いこいですよ。中味は。このへんは暮しいいところでしてね。いこいを十本とか、ピースを五本とか、タバコ屋でわけて売ってくれるんです。金のないときにゃ、便利でね。一本おつけなさい。」

「すみません。けっこうですよ。喉を痛めてるもんで、節煙してるんです。」

まさか、シケモクというやつではないだろうが、敬遠するにしくはない。

「ところで、お願いしたいこと、というのは、ですね。あなたはぼくの顔を見て、ゆうべ《美春》であったのを、すぐ思いだしましたね。」

「ひとの顔は、めったにわすれないね。」

「ぼくと飲んでた男も、覚えてますか?」

「ああ、おぼえてますよ。」

「ありがたい。助かった。」

きみは心からいった。ついに手がかりをつかんだのだ。わくわくするのも、無理はない。

鈴置は、いこいを半分にちぎって、竹のパイプにつめながら、

「あの男は、あんたよりだいぶあとに、店へ入ってきたんだったな。気があったとみ

えて、まもなく話しはじめたが。」

「ぼくたちは、どんな話をしてました？」

「そいつはおぼえてませんな。聞き耳を立ててたわけじゃないもの。はじめのうちは声が低かったし、酔って大きな声になったころには、こっちも酔ってたわけだからね。おぼえていることといえば、そうですな。その男があんたのことを、社長さんって呼んでいたっけ。それからと、そうだ、そうだ。もうひとつ思いだしましたよ。あんた、雨宮さんていうんでしょう？」

「どうしてです。」

「あの男が、そう呼んでた。」

「あなたもぼくを、雨宮なにがしだ、と思うんですか。」

「思うも、思わないもないですよ。ぼくはあんたを知らないんだからね。ひとが雨宮さんと呼んでれば、そういう名だと思うより、しかたない。まさか、戸籍謄本を拝見します、とも、いちいちいえないしな。」

「そりゃあ、そうだけど。」

「それに、拝見したところで、疑いだせばきりがない。戸籍謄本なんか、区役所へいって料金はらえば、当人でなくたって取ってこられる。要するに名前なんか、いい加滅なもんですな。ぼくのことを、鈴木だと思ってるやつが、ずいぶんいますよ。ぼくは早口だから、鈴置が鈴木に聞えるんだな。ぼくの学校時代の友だちに、丹生《たんじょう》という男がいてね。仁丹の丹に生れる。こいつ、ほんとはニブと読むんだが、そう読んでくれるひとは、ほとんどいない。よくてタンジョウ、ひどいときはタンセイさんだ。しまいにはあきらめて、自分でもタンジョウといってましたよ。耳で聞いただけだと、こいつはニブなにがしから、タンジョウなにがしに、変身したことになる。あんたが、石原裕次郎と名のったって、驚きませんね。ぼくの友だちには、長谷川一夫という醜《ぶ》男《おとこ》もいますからな。」

「自分が自分だということを、証明するのも、あんがい、難しいことなんですね。親か、きょうだいが、ついてりゃ別だろうけど。」

だが、きみには親も、きょうだいも、この東京にはいないのだ。

「あんがいどころか、ぜんぜんですよ。親きょうだいがついてたって、自分が独身だってことを、法的に認めてもらえない娘さんが、いたじゃないですか。きらいな男に勝手に結婚届を出されちゃって。いつか、新聞に出てたでしょう。結婚届なんて、記入事項さえ正確なら、三文判ですむんだからな。ところが、結婚無効の訴訟を起すにゃ、金もかかれば、時間もかかる。考えてみると、人間、枕を高くしちゃ、寝てられませんや。」

この男のいうことは、ほんとうだ。きみはすっかり、考えこんでしまう。だが、考えこんでばかりはいられない。

「それはそうと――」

きみは顔をあげて、口をひらく。

鈴置もいっしょに、口をひらく。

「それはそうと、だいぶ横道へそれましたな。なんの話をしてたんだっけ。」

「ぼくと飲んでた男のことです。そいつの顔は、おぼえている、といいましたね?」

「おぼえてますよ。《美春》のマダムにも、聞いてごらんなさい。ぼくとぴったりあうはずだから。」

「マダムはおぼえてないんです。あなたなら、おぼえているだろう、といわれて。」

「そういうわけか。どうしてぼくのとこが、わかったのかと思ってたんだ。あの女、おれの巣を、どこから嗅ぎつけやがったのかな。こりゃあ、つけがふえると、取りたてにおしかけられるぞ。気をつけなけりゃあ。」

「マダムに聞いて《シャウト》にいって、そこでインディアンみたいな頭をしたひとに、教えてもらったんです。」

「ああ、猪俣君にか。」

「猪俣さん、というんですか、あのひと。」

「うん、変なやつさ。なにしろ、ああいう頭をして……」

また横道へ、それそうになった。きみはあわてて、梶をとる。

「それで、ゆうべの男は、どんなタイプでした？」

「これという特徴がないんだ。マダムが説明できないのも、無理はないね。しろうとにはおぼえにくい顔ですよ。」

「あなたなら、説明できるんですね？」

「ぼくにだって、出来ないな。」

「ええ？」

ぽかんときみは、口をあいた。さんざんひとに気をもたせて、いまさらうっちゃられたのでは、泣ききれない。

「口ではうまくいえないよ。だいたいぼくは、口べたでね。どちらかといえば、無口のほうだから。」

自分のことは、なかなかわからないものらしい。

「でも、絵にかくことなら、出来ますぜ。」

「絵がかけるんですか！」

たちまちきみは、元気を取りもどす。

「あんた、遠慮のないひとだな。ぼくはこれでも、絵かきですよ。」

「猫の殺し屋だけじゃなかったんですね。」

「ぼくだって、猫ばかり食ってるわけじゃない。」

「インディアン頭のひとが、画家だってことは聞いたけれど、あなたも、とは思わなかったな。」

「猪俣君は超現実《シュール》のほうだよ。ぼくとは傾向がちがうんだ。もっとも、目下こっちは絵具も買えなくて、似顔絵かきをやってますがね。それでも絵描きにゃちがいない。」

「お願いします。あの男の顔をかいてください。画料はおはらいしますよ。」

きみは内ポケットから、手さぐりで千円紙幣をひっぱりだす。

「ぼくの似顔絵は、一枚百円です。それじゃ、おつりがない。」

「かまいません。これだけ、とっといてください。特別にかいてもらうんだから。」

「じゃあ、こまかいので二百円もらいましょう。それ以上はお断りだ。」

変わりものにさからって、つむじを曲げられては、ここまできた甲斐がない。きみはすなおに、二百円わたそうとしたが、さっきタクシイではらったのを最後に、百円紙幣はなくなっている。

「困ったな。五百円じゃいけませんか。こまかいのが、ないんです。」

と、きみは紙幣挟み《ビル・フォールダー》をひろげて見せる。

「いけないいな。それじゃあ、こうしよう。通りまで出て、タバコ屋かなんかで、くずしてきてください。そのあいだに似顔をかいとくから。」

鈴置は立ちあがった。押入れをあけて、大きなスケッチ・ブックと、小さな細い壜を二本とりだす。

「ぼくはコンテでなく、マジック・インクでかくんですよ。特別に墨だけじゃなく、朱もつかったげましょう。」

「お願いします。」

きみも立ちあがって、廊下へ出た。階段を急いでおりる。あと四、五段というところで、靴の先が板の割れめにひっかかった。さっき注意されたのは、これだな、と思ったときには、からだが前にのめっている。玄関のたたきまで、きみは一気に落っこった。からだが壁にぶつかって、どうやら、ころげずにはすんだものの、はずみで壁に押しつけてあった乳母車の、もう錆びた骨だけになったやつが、がらがらっと走りだした。反対がわの壁にぶちあたる。すさまじい音がした。

めんこをしていた子どもたちが、いっせいに立ちあがる。きみが乳母車をもとにもどして、腰をさすりながら、出ていくと、

「なんだ、おじさんか。派手にやったな。」

と、まぼろし探偵が声をかけた。

「ひどい目にあったよ。」

顔をしかめて、きみはいう。

「でも、まだ軽いほうだよ。誰でも馴れるまでは二、三回、尻もちをつくんだから。」

「こんどは気をつけよう。」

「殺し屋のおじさん、怒ってた?」

「なにをさ?」

「おつりのことだよ。」

「べつに怒っちゃいなかったな。」

「じゃあ、あとにしようっと。」

子どもたちはまた、しゃがみこんだ。

往来に、きみは急いだ。タバコ屋は五、六軒さきのむかいがわにあった。店の前の赤電話を、セパレーツの女がつかっている。きみが近づいていくと、女は唐突に受話

器をおいて、小走りに立ちさった。シームレス・ストッキングの長い足に、ふくらはぎの筋肉が、きびきび踊って、バック・スタイルは悪くない。だが、うしろから見ても、めがねをかけているらしいのがわかる。それが、きみには気に入らない。

「ピースをふたつ。」

きみは店番の婆さんに、千円紙幣をさしだした。婆さんはそれをうけとって、ちょっと困ったような顔をしたが、ショウ・ケースの上へ、紺の紙箱をふたつ差しだしてから、

「ちょっと待っとくんなさいよ。」

隙間風の入る声でいって、もぞもぞと立ちあがる。障子のかげへひっこんで、そのまま、なかなか出てこない。

鈴置の気が変って、どこかへいってしまいはしないか、それがきみには心配だ。見張るつもりでふりむきかけて、気がつくと、タバコを杉なりに積んだ細長いショウ・ウィンドウの横板が鏡張になっている。その中に、きみのいま出てきた露地口が映っている。奥は行きどまりだったから、口さえ見張っていればいい。なにもわざわざふりむかなくても、この鏡を注意していればいいわけだ。

ようやく障子のかげから、婆さんが出てきた。

「かさばって悪いが、へい、おつり。」

百円銀貨を九枚、積みかさねたまま、そっとおいた。そのそばに十円銅貨を二枚、並べる。年よりらしい几帳面さだ。

きみは魁荘へ飛んでかえった。二階のとっつきのドアをあける。鈴置がロイドめがねのうしろで、片目をつぶってみせた。

「やあ、ちょうど出来あがったところですよ。」

「そうですか。よかった。じゃあ、二百円。これはおまけです。」

きみはピースをふたつ重ねた上に、銀貨をのせて、畳の上を押しやった。

「おまけはよかったな。ありがたく頂戴しましょう。」

「絵を見せてください。」

「そこにあるじゃないですか。」

と、鈴置がゆびさす。スケッチ・ブックが、ひらいて壁に立てかけてある。けれどもそこに、赤と黒のマジック・インクでかいてあるのは、ゆがんだ赤い卵と、それにくねくねからみついた黒い棒と、三角形と、長方形と、つまりは、無意味なかたちの組みあわせだ。

きみは呆気にとられて、スケッチ・ブックから、窓によりかかって膝を抱いている鈴置の顔へ、視線を移す。

「どうです。感じが出てるでしょう。近ごろあまりはやらないけど、カンディンスキーが好きでね、ぼくは。」

「これは……アブストラクトじゃありませんか。」

「もちろん。」

「ふざけてもらっちゃ困りますよ。ちゃんと目鼻のある顔をかいてください。」

きみは声をとがらした。鈴置の眉が、ぴくりとはねる。口のまわりの微笑も消えた。

「きみこそ、ふざけてもらいたくないな。そんなせりふが、ぼくに通用すると思うのかね。アブストラクトの似顔をかくからこそ、ぼくはユニークな存在なんだぜ。そりゃあ、客にあわせて、多少はわかりやすくかくこともあるさ。商売だからな。だが、目鼻のある顔をかけとは、なんていいぐさだね。」

「でも……」

「でもも、警官隊もあるものか。金なんかいらないから、さっさと帰ってくれ。」

鈴置は立ちあがる。目が熱っぽく光りだした。きみはあとじさりする。ドアを背中であけて、廊下へ出た。

あわてておりたわけでもないのに、こんどもきみは、階段から落ちそうになった。

7

2:35 p.m.

　きみは代々木の駅の前に立っている。これからどうしたものか、見当もつかない。せっかくの酒場めぐりも、きみが雨宮あつかいされだしたのは、二軒めの《美春》からだ、とわかっただけが、収穫だった。きみを雨宮と呼びはじめた男とは、《美春》を出てから、まだ二、三軒はしごをしたはずだ。けれど、どういう店へいったのか、さっぱりきみには思いだせない。

　いまのところ、きみを雨宮と呼びはじめた男の人相を、おぼえているたったひとりの人間は、円や四角に分解してでなければ、顔のかけない大道絵かきだ。偉そうなことをいっても、ほんとうはおぼえていないのかも知れない。

　きみは腕時計を見る。二時三十分になろうとしている。二時間半も駈けずりまわって、けっきょく、大したことはなかったのだ。きみは舌うちする。五本の道路の合流する駅前を、見まわす。大きなトラックが、狭い通りから窮屈そうに出てきた。東京▶静岡▶浜松▶名古屋、と横腹に大きく書いてある。長距離輸送のトラックだ。きみはそれを見おくってから、駅へ入った。出札の窓口に立ちどまる。

「東京駅まで。」

きみは百円硬貨を、窓の中の顔にさしだす。

改札をとおって、靴音のひびくトンネルを、いちばん奥の階段へ歩みながら、きみはまだ、はっきり心がきまらない。トラックの横腹を見て、きみは浜松の兄貴を思いだしたのだ。きみの兄さんは、浜松市の広沢町というところに住んでいる。実兄で、年はきみより九つ上だ。あいだにもうひとり、姉がいたのだが、敗戦まぎわに死んでしまった。

きみはとにかく、東京駅までいってから、列車のつごうにまかせることにして、上りフォームの階段をあがる。おりよく、電車が入ってくるところだ。だが、千葉行きなので、きみは乗らない。その次の電車の方向標示は、津田沼と書いてあった。

「この電車、東京駅を通りますか?」

フォームに立っていた学生に、きみは聞いてみる。

「東京は四ツ谷かお茶の水で乗りかえなきゃ、いかれませんよ。いまは急行時間だから。」

きみはあわてて、津田沼行きに乗りこんだ。車内はすいている。きみは腰をおろすと、腕ぐみをした。目をとじる。ひどく疲れている。腕をくんで、からだを支えていないと、座席からずりおちてしまいそうだ。

やっぱり浜松へ、いってみなければならないだろう、ときみは考える。〈雨宮毅〉になってしまった原因を、つきとめる手がかりがないのだから、せめて〈浜崎誠治〉であることを立証しなければ、きみの心はやすまらない。兄の紘太郎なら、どんなことがあっても、みとめてくれるはずだ。きみたちの両親は、もうこの世にいない。生れて育った神戸へいけば、親戚が何軒かあるが、そこへは顔の出せないわけがある。思いだしたくないことだが、神港鋼管の下請会社で、会計係だったきみは、会社の金をつかいこんで、三の宮の酒場につとめていた雅子と、この東京へ逃げてきたのだ。多島アパートの中でさえ、雅子のかげに顔を伏せて、こっそり暮しているのだから、よほど覚悟の上でなければ、神戸へ帰ることは出来ない。

だが、兄の紘太郎のところへなら、顔も出せる。東京へ逃げてきたときも、浜松で途中下車して、雅子をつれて広沢町をたずねたきみだ。なにもかも打ちあけて相談すると、

「難しいことになったら、おれがなんとかしてやるから、東京で隠れているんだな。おちつき先がきまったら、おれにだけは知らせておけよ。」

と、紘太郎はひきうけてくれて、

「当座に困らないだけの金は、あるんだろうな。」

「それが、ふたりあわせて、五万七千円しかないんだ、兄さん。」

「それだけじゃ、ちょっと体裁のいいアパートへ入ったら、残らないだろう。お前は悪党にゃなれないよ。三十万つかいこんだ、といったな。それをきりよく、五十万にしてこなかったのは、お前らしくていい。まあ、四、五万なら、あした、都合してやれるだろう。すぱっと三十万、穴うめしてやれるくらい、おれも景気がいいといいんだがな。」

と、紘太郎は肩をゆすって笑った。

とつぜん電車の響が、そのときの笑い声みたいに、大きくなった。きみは目をひらく。車内には電灯がついている。窓の外は、まっ暗だ。トンネルの中に、入ったらしい。まむかいの座席があいているので、窓ガラスにきみの顔が、真昼のテレヴィジョンみたいに映っている。眉のあいだに、立皺のくさびが入って、いやに難しい顔つきだ。多島アパートの四畳半に、寝起きするようになっていらい、眉間《みけん》を離れない立皺だが、きょうはことさら目立って見える。

その顔がたちまち消えて、窓の外に、汚れた緑の樹木が走った。と思うと、四ツ谷駅だ。きみは電車をおりて、跨線橋にむかう。

きみの前を、おなじ電車からおりた染毛の娘が、濃藍の支那服のすそを活発にひるがえして、階段をのぼっていく。隣りのフォームに、萎《しな》びたオレンジのいろの急行電車が、入ってこようとしているので、急いでいるのだろう。花模様を浮織した旗袍《チーパオ》の、スリットが呆れるほどに深いのは、足に自信が人一倍あってのことか。腿のうしろの陽のあたらぬ場所が、一段あがるごとに、すっかり見える。きみはそれに視線を吸われて、フォックスのめがねに隠れたふたつの目が、階段の上から、こっちを見ていることに、気がつかない。戒むべきは色の道だ。

きみは支那服のあとにつづいて、急行フォームへおりる。電車はもうドアをひらいて、客をおろしきっていた。きみの飛びこんだ先頭の車輛は、かなり混雑している。

電車はきみたちを、コロッケみたいにつめこんで、走りだした。しばらくすると、左がわに外堀が見えだす。ゆうべの夕立のせいだろう。だいぶ水嵩が増している。いつの間にか、空には雲がなくなって、陽ざしは強い。風もあるのか、水はいちめんに縮緬皺を立てて、かがやいている。ところどころ、鈍く光るだけで、波立たない部分があるのは、底の藻のかげんでもあるのだろうか。水が白癬《しらくも》をわずらっているように、それが見える。

車内はひどい暑さだ。背広を着ているきみには、ことに耐えがたい。けれど、他人のからだとふれあった中で、ぬぐことも出来ない。背中の汗を気味わるがりながら、きみは吊皮にすがって、堀のむこうの家並みをながめる。高台に窓を大きくとったビルが建っている。ガラスがいちめんに光っているのを見ていると、しきりに神戸が思いだされる。神戸に帰りたい、ときみは思う。神戸にいたなら、まさかこんなわけのわからないことに出あって、不案内の東京を、うろつきまわる羽目には、ならなかったろう。神戸に帰りたい、ときみは思う。暑さで曇った頭には、リズミカルな車輛の響が、ラングストン・ヒューズの詩の一節を、くりかえしているようにも聞える。

ふしをしってて　つらいのは
ホームシックの　ブルースだ
ふしをしってて　つらいのは
ホームシックの　ブルースだ

「まことに失礼ですがな。」

声といっしょに、袖をひかれて、きみはわれに帰った。声の主は、右がわにいる老人だ。和服をきちんと着た小柄なからだを、隣りのひとに寄せかけながら、右手にもった懐中時計を、レンズの厚みが八㎜ぐらいありそうなめがねに、こすりつけている。文字盤のローマ数字が、ひどく大きいのは、弱視者用の時計らしい。

「まことに失礼ですがな。」

と、老人はていねいにくりかえす。

「時間を教えてくださらんか。時計がとまってしまいましてな。」

「ええと、二時四十六分です。」

きみは左手首のエテルナを見て、教えてやる。老人は禿げあがった頭をさげて、時計の針を動かしながら、

「あつらえが出来てきて、はじめてもって出たというのに、とまるとはどういう加減ですかな。きょうは赤口《しゃくこう》だから、やはり新しいことは、いかんのかも知れん。」

赤口という言葉は、きみの耳には馴染みがないが、日の吉凶《よしあし》をいったのだろう。それも、よくないほうらしい。たしかにきょうは、きみにとっての大厄日だ。

左手にさげた手提に、老人は時計をしまった。葡萄皮の巾着じたてで、むかし千代

田袋といったやつに似ている。その中から、こんどは大きめの手帳をとりだし、厚いめがねにすりよせると、小声で謡をさらいはじめた。

馬鹿に大時代なじいさんだな、ときみは思う。なんだか知らないが、きょうという日は、やたらに妙なことばかり起って、やたらに変な人間とばかり、出くわす日だ。東京じゅうの時計が、やぶにらみになって、次元のちがった時間の上に、針をまわしはじめたのかも知れない。

きみはいまいましげに、もう一度〈雨宮毅〉の腕時計を見る。カレンダーの豆レンズから、2の数字が睨みかえした。〈浜崎誠治〉の手首にあったイニカーは、密輪ものなので、少し乱暴にとりあつかうと、文字盤が浮いて、短針の位置がずれてしまう。たとえば四時には、12の上に長針はちゃんと乗るが、短針は4と5のあいだを、さししめすのだ。思えばあれが、やぶにらみの徴候だったのかも知れない。

東京駅について、きみが列車の時間をしらべおわったときには、三時を少しすぎていた。三時六分の準急〈長良〉なら、七時二分に浜松につくが、これには間にあいそうもない。あとは三時四十分の名古屋行き。これだと浜松着は九時二十四分だ。座席指定券が買えれば、それより一時間三十八分早く、準急〈新東海〉が、目的地へつれていってくれる。これは四時発だから、どちらにしても、かなり待たなければならない。きみは乗車券を買うために、八重洲口へ出ていく。

出札口には、ひとが何列にも並んでいる。細長くしきったガラス窓の上の壁には、急行券の発売状況を、自動的にしめす掲示板がある。列車名の下の、日附にそった碁盤目が、売切れのときはひっくりかえって、赤になるのだ。その不規則な市松模様を、きみは見あげる。すると、うしろから、男の声がかかった。

「社長。」

この変てつもない言葉が、きょうのきみには、恐怖をあたえる。びくっと肩をふるわせて、ふりかえると、知らない青年が笑顔をむけている。

「こんなところで、なにをしてらっしゃるんです？　ほうぼうへ電話して、ずいぶん探したんですよ。奥さんの話では、ぼくのことづては届いているそうで、まあ、安心はしてたんですけど。」

襟もとをひらいたワイシャツすがた。胸ポケットに、渋い古代織のネクタイを、折りたたんで、さしている。能率家らしい顔つきだ。きみは聞いた。

「どなたです、あなたは？」

「だめですよ、社長。いつもの手には、ひっかかりません。健忘症《アムニージア》のまねをするから、平野さんも気をつけなさいって、さっき奥さんの電話で、警告されたばかりです。」

この男が、社長秘書の平野なのか。そういわれれば、口調に聞いたおぼえがある。だが、なんと返事をしたものだろう。きみは言葉に迷って、相手の顔を見まもるばかりだ。

するると、平野はきみの腕に手をかけた。

「いまは冗談どころじゃありませんよ。お客さんがお待ちかねです。二時二十分着の〈東海二号〉で、いらしたんですからね。さあ、まいりましょう。」

せきたてられても、歩きだしたくはない。相手の腕から身をひいて、きみはいう。

「ぼくは四時の〈新東海〉に乗りたいんだ。」

「どこへおいでになるんです?」

「どこだって、いいじゃないですか。」

「よかありませんよ。」

「浜松です。どうしても、いかなきゃならない。座席指定券があればいいが。」

きみはまた、掲示板に目をやった。

「浜松って、浜崎さんのところですか。」

平野の声が、きみの視線をひきもどす。

「どうして知ってる?」

きみは噛みつくように、聞きかえす。

けれど、相手は返事をそらして、にやにやする。

「それなら、いってもむだですよ。」

「なぜ、むだだ。どうしてむだです。やっぱり、ぼくを知らないっていうと思うのか。どうしてそれが、わかるんです？」

「社長を知らないなんて、いうはずないじゃないですか。わざわざ浜松までいっても、浜崎さんはいないんです。」

「どうして、それがわかるんだ？」

「奥さんへの電話では、つい話しわすれてしまったんですが。」

しっとり光った髪の毛を、平野はなであげるような手つきをした。

「社長を待ってるお客さん、というのは、浜崎さんなんですよ。」

「えっ。」

「浜松から、電報で先触れがありましてね。それで、二時半までにいらしていただくように、申しあげといたんです。」

「浜松から、なにをしに……」

「社長にあいにこられたんですよ、もちろん。さあ、まいりましょう。」

平野はきみの肩ごしに、視線をのばした。

「鉄道公安官が、じろじろこっちを見てますよ。ごちゃごちゃ話してたんで、ぼくがダフ屋のニューフェースと、間違われたのかも知れませんぜ。社長に声でもかけられたら、恥さらしだから、いきましょうよ。」

このまま会社へつれていかれたら、どうなることか。ふと、きみは不安になる。侑子という女、平野という男、このふたりが、ほんとにきみを、雨宮毅だ、と信じこんでいるのなら、問題はない。けれど、信じこんでいるふりを、しているだけとするならば、不安にならないわけにはいかない。お芝居のかげには、作者の意図が、かならずある。それも多くは、よからぬ意図が。

はじめてきみは、かすかな恐怖を胸におぼえる。いままでは、自分のおかれた状況の、異常さばかりに気をとられて、ほかにはなにも考えなかった。異常な状況の中でなら、自由に動きまわれたせいも、あるだろう。だが、いまはちがう。さあ、急いで会社へいきましょう、という強制が、笑顔をもってではあるけれど、はじめてきみにくわえられたのだ。

きみはふりかえった。急行券の申込用紙を書くための、陣笠なりのテーブルが、コンクリートの上においてある。その近くに制服の公安官がふたり立って、こっちを見ている。きみは駈けだしていって、恐怖をうったえたくなった。けれど、うったえたら、どうなるか。ぼくは浜崎誠治だ、ときみがいくら主張しても、平野は反対するだろう。それを支持する証人なら、ちょっと考えただけでも、四人呼べる。だが、きみを支持する証人はひとりもいない。公安官たちに、気ちがいあつかいされるのが、おちだろう。

やっぱり浜松の兄貴に、あわなければならない。雨宮商事へ、その兄がきている、と平野はいった。嘘かも知れない。ほんとうかも知れない。それをたしかめるには、会社へいってみるしかない。きみは覚悟をきめる。平野について、歩きだしながら、きみはさぐりを入れてみる。

「よく、ここでぼくが見つかるとわかったね？」

「それが、偶然なんですよ。きょうは馬鹿に忙しくて、昼めしをくいはぐってしまったんです。いつも社長にからかわれるほどの胃袋が、夜までもつはずありませんからね。浜崎さんのお相手は関谷専務にたのんで、ぬけだしてきたんです。いま名店街のグリルで、カレーライスをかっこんできたとこですよ。ひとごこちついたとたんに、社長も見つかるなんて、馬鹿つきですね。こんや麻雀やったら、国士無双ぐらい出ますよ、きっと。」

平野はやや先に立って、駅構内を出ようとする。きみはもう一度、ふりかえった。公安官はもう、さっきのところにはいない。その代り、急行券の行列から、女がひとり、離れるのが見えた。フォックスのめがねに、セパレーツの服。おやっときみは思う。同時に女も、きみの視線に気づいたようだ。一瞬、ハイヒールの爪さきがためらいを見せる。けれど、表情まではわからない。そのまま大丸の横入口へむかって、歩きだした。

きみは平野をひきとめて、あの女を知らないか、と聞こうとした。しかし、団体旅行のだらしなくひろがった列が、出ていくのにさえぎられて、ゆびさすことはもう出来ない。

きみが平野につづいて、横断歩道までくると、信号が青にかわった。空もいちめんに青い。ビニールのアドバルーンが、安っぽい造花みたいに、いくつも漂っている。停止線へおしよせた自動車の群れに、睨まれながら、幅のひろい電車通りを、きみはわたる。八重洲通りを少しいったところで、平野は小さなビルの玄関へ入った。厚いガラス・ドアをおすと、一階の正面は地方銀行の東京支店だ。鉄の荒いすだれみたいなシャッターが、もうおりている。大理石の内玄関の左右に、階段がある。きみは平野とならんで、左がわの階段をのぼる。すると、おりてくる靴音が聞えた。

「ああ、関谷専務。」

平野が踊り場に立ちどまって、顔を上むける。

「社長をおつれしましたよ。」

「そりゃよかった。社長は見えないし、きみは帰らないし、心配になっておりてきたんだよ。」

関谷専務は鬚あとの濃い、顎の角ばった顔を、平野からきみにむけかえた。

「どうなすったんです、社長？　浜崎さんがお待ちかねですよ。」

歯ブラシみたいな眉を、軽くひそめる。男らしい顔立のわりに、神経質なところが、うかがえるのは、大きな病気でもしたあとなのだろう。グレイの背広の胴まわりが、ややだぶついているのも、そのせいか。皮膚のいろも、あまり冴えない。

「いや、ちょっと……」

きみは返事をにごして、階段をのぼりつづけた。関谷専務は肩をならべ、平野はあとにつづいてくる。三階につくと、関谷が厚い防火鉄扉をおして、きみたちは廊下へ入った。冷房がきいていて、汗ばんだ皮膚が、ひやりとする。狭い廊下の左右には、ドアがまばらに並んでいた。左手のとっつきのドアの曇ガラスが、《雨宮商事》と明朝体の金文字を浮かしている。

関谷はノブに手をかけた。平野は胸ポケットから、ネクタイをたぐりだすと、

「ぼく、こいつをしめてきます。」

と、右手の洗面所へ駈けこんだ。

きみたちは、ドアを入る。正面の扇なりのデスクのむこうに、受附の少女がいる。ピンクの受話器を低くかまえて、大輪の菊の花瓶に隠れるように、お喋りをしているので、顔は見えない。長く編んだ髪が、ゆれているのは、くすくす笑いを漏しているのか。左手の壁のルソーの大きな複製の下に、ソファが二脚と、低い長テーブルがおいてあるが、それには誰もすわっていない。

きみたちが右手の通路へいこうとすると、ドアのしまる音で、気づいたのだろう。受附の少女が、あわてて立ちあがった。顔を赤くして、頭をさげると、

「お客さまがお待ちです、社長。」

ぎょっとして、きみはあいまいにうなずいた。足を早める。通路の片がわには、事務室のドアが並んでいる。つきあたりの、社長室と書いたドアを、関谷専務があけてくれる。

部屋の中には、スティールのデスクがふたつ。それぞれにグレイの電話機をのせて、正面と右がわの壁よりに、すえてあるだけだ。誰もいない。関谷はドアをしめると、

近づいてきた。きみの耳に口をよせる。

「浜崎さんの話は、いちおう、わたしが聞いときました。思ったとおり、阪神貿易との取引の件でしたよ。すぐ返事のできることじゃ、ありませんからね。あしたの会議で検討するとして、いまはあたらずさわらずの、受けこたえをしといてください。」

きみは返事をしない。壁から目が離せないのだ。四切にのばした写真の額が、そこにかかっている。なにかの記念写真だろう。風流の標本みたいな庭で、六、七人の盛装の男女が立ったり、腰かけたりしている。関谷専務もいる。平野秘書もいる。浜松の兄もいる。侑子という女と椅子を並べて、まん中に笑顔を見せているのは、きみだ。だが、こんな写真をとったおぼえは、絶対にない。

「この写真は……？」

ゆびさされて、関谷は妙な顔をした。

「これは創立三周年の記念写真じゃありませんか。ほら、目黒の鷹匠料理で、内輪の会をしたときの。」

「ああ、そうか。」

心細げに、きみはうなずく。その料亭がどこにあるかも、きみは知らない。しかし、この様子では紘太郎が、きみを弟とみとめてくれるかどうか、おぼつかなくもなってきた。

「こちらでお待ちです。」

左がわの奥のドアを、関谷があける。きみはおそるおそる、隣りの部屋へ入った。低いテーブルの上から、麦茶のグラスをとりあげようとしていた客が、あわてて前かがみの背をのばす。平野の言葉に、うそはなかった。

臙脂染のネクタイで、しめあげた猪首の上に、重そうにのっているのは、兄の顔。浜崎紘太郎の顔だ。蹴球《サッカー》のボールに、クレヨンで目鼻をつけたようなその顔は、だが、きみを見ても驚かない。

「どうも、雨宮さん、えらくご無沙汰をしております。」

と、目じりに皺をよせて、脳天の薄くなりかけた頭をさげる。

多少の覚悟はしたばかりだが、きみはやっぱり全身の力がぬけた。口などきけたものではない。むかいあったイージイ・チェアに、どぼりと沈んだ。

「この前、こちらへお邪魔してから、もう半年になりますかな。少しおやつれのようだが、夏やせですか。ことしの暑さときたら、まったくひどい。」

紘太郎は麦茶のグラスをわしづかみにして、口へはこんだ。

「たぶんノイローゼなんでしょうよ。」

きみはいささか、やけになっている。

「そいつは、いけませんな。あんまり、働きすぎるからでしょう。」

「記憶力まで、おとろえてきたようですね。あなたにこの前あってから、まだ三月ぐらいのような気がするんです。」

「そんなことはありませんよ。あれは二月のすえで、まだ暖房が入ってたんじゃなかったかな。ねえ、関谷専務。」

しまいのほうは、隣りにすわった関谷に顔をむけて、紘太郎はいう。

「そうでしたね。浜崎さんは風邪気味だった。」

と、関谷がうなずく。

そこへ廊下のドアから、平野が入ってきた。しずくをやどした麦茶のグラスを三つ、銀盆にのせている。

「浜崎さん、代えましょう。もう冷たくなくなってしまったでしょうから。」

「これは恐縮だ。平野君にお茶くみをさせちゃあ。」

「とんでもない。ほかならぬ浜崎さんですから――なんて、恩を着せて、密談ちゅうのお茶くみは、社長秘書の役目ですよ。」

「いやあ、もう密談はすんだんだ。ねえ、社長。専務からお聞きになったでしょう?」

紘太郎に念をおされて、きみはなんとなくうなずいた。

「それでは、浜崎さん、ごゆっくり。わたくし、隣りにおりますから、ご用がありましたら、呼んでください。」

平野は一礼して、廊下へ出ていく。

関谷専務は麦茶のグラスに手をのばした。紘太郎もグラスをとりあげる。きみは話のつぎほがなくなって、あくびをした。

「社長、ゆうべはだいぶおやりになったそうですな。」

紘太郎は親指とひとさし指で、まるをつくると、鼻の下で横に動かしてみせた。

「誰かに傘をかしてやったの、おぼえておいでですか? ひるごろ平野のところへ、そのひとから、電話がありましたよ。」

と関谷が微笑する。きみのかけた電話のことだ。

きみも思わずにやりとする。

「ああ、そんなことがあったかも知れないね。まだ頭が痛い。」

「迎え酒がやっぱりいちばんだそうですよ、二日酔には。」

と、紘太郎がいって、ピースをくわえる。

関谷はマッチをすってやりながら、

「それじゃあ、時間はすこし早すぎるが、浜崎さんをおさそいしますか、社長。どこか近いところへ。」

「泉岳寺はどうだい？」

やわらかいクッションにもたれて、目をとじながら、やけのつづきで、きみがいう。

「泉岳寺というと？」

「芝高輪の泉岳寺。四十七士の墓どころだよ。すこし遠いかな。」

「そんなことは、かまいませんが——あの近所に凝った料理屋でも、あるんですか？」

「ちがうよ。赤穂義士の墓まいりさ。」

「はあ。」

「泉岳寺へいったことがありますか、浜崎さん？」

「いいえ、ありませんな。」

「専務は？」

「たしか子どものころ、遠足でいきましたよ。」

「ぼくはいったことがない。東京へ出たら、いっぺんいってみたい、と思ってたんだけれど、なかなか機会がなくてねえ。」

これは本音だ。泉岳寺へいくんだから、金をくれ、というと、雅子は笑った。

「あんたもまだなら、いまからいってみませんか、浜崎さん。」

きみは目をひらく。紘太郎も、関谷専務も、困ったような顔をしている。ざまをみろ、もっと困らしてやるぞ、ときみは思う。

「専務、車を呼んで……」

と、いいかけて、関谷の膝もとに視線をおとす。とたんに、きみは言葉をわすれる。テーブルの上に、黒っぽい小箱が、おいてある。さっき専務がポケットから出して、紘太郎につけてやった広告マッチだ。

白黒で撮った女の横顔が、紙焼反転のハード・コントラストで、写真ばなれしたざらざらな感じに、印刷してある。そのアート紙のレッテルを、きみはどこかで見たことがある。それも、たしかにきのうの晩。

「車を呼んでくれないか。泉岳寺というのは冗談だがね。」

と、きみはいいなおす。関谷専務は立ちあがった。さっきのドアから社長室へ消える。

「きのうはたいへんな大夕立が、あったんだそうですな。」

ピースを灰皿にこすりつけながら、紘太郎がいう。

「雷がやたらに鳴りましてね。停電したり、電車がとまったり、めずらしく派手な夕立でしたよ。」

きみはポケットをさぐって、ハイライトを一本ぬく。それをくわえると同時に、手をのばす。テーブルの上のマッチをつかんだ。

「雨量が六十㎜近くあったそうですな、社長。東海道線まで不通になったんで、こりゃあ、予定を変更しなけりゃならないかなって、こっちもあわてました。」

「浜松のほうも、ふったんですか？」

きみはタバコに火をつける。マッチはさりげなくポケットへしまいこんだ。

「いや、あっちのほうは……」

紘太郎が首をふりかけたところへ、関谷専務がもどってきた。

「半ぱな時間ですが、軽く食事をしませんか、浜崎さん。」

「ひさしぶりに、おつきあいさせてもらいますか。わたしのほうは、半ぱでもないんでしてね。なにしろ駅弁というやつが、性にあわないもんだから、十時九分の準急にのる前に、遅い朝めしを食ったきりなんです。」

紘太郎は腹をなでながら、立ちあがる。テーブルの下から、ふくらんだグラッドストン・バッグをとりあげて、関谷のあとを、社長室に入っていく。きみもハイライトの灰をおとして、それにつづく。専務が壁ぎわに待っていた。きみが入ると、ドアをしめる。

「お出かけですか。」

壁ぎわのデスクから、平野が立ってくる。

「あとを頼むよ。五時をすこしすぎるかも知れないが、もどってくるから。」

と、関谷がいう。

「それじゃあ、浜崎さんのかばん、こちらへおあずかりしましょうか。それをぶらさげて歩くんじゃたいへんだ。」

平野がさしだした手に、紘太郎は水牛皮のグラッドストンをわたしながら、

「あけてみちゃ、いけないよ、平野君。」

「一千万円ぐらい、入ってますか。だったら、四、五枚ぬいても、わかりませんね。」

「金じゃない。ゆうべ殺した女の首が、ドライアイスづめにしてあるんだ。」

紘太郎は、肩をゆすって笑った。

「そう聞くと、なおさら見たいな。美人でしたか。」

「もちろんさ。雨宮社長の奥さんほどじゃ、ないがね。」

「ああ、社長。」

と、平野は笑顔をきみにむけかえて、

「奥さんから、お電話があったら、どうします、お宅へお帰りの時間のことで？」

「たぶん遅くなる、といっといてくれ。」

きみは廊下へでるドアに近づいた。すると、うしろから、関谷専務の声がかかる。

「社長、こちらのドアから出ましょう。」

ふりむくと、秘書のデスクの横に、関谷は立っている。まん中に等身大の細長い鏡をはめて、左右に洋服掛と帽子掛、下には傘立をつけた衝立《ついたて》が、そこにおいてある。専務はそのうしろに入った。

衝立のかげにもドアがある。あけると、さっきあがってきたのとは反対がわの、階段のきわに出た。債権者から逃げだすためのドアみたいだな、ときみは思う。

「このビルにエレヴェータがないのは、不都合ですね。近ごろはもっと小さなビルにだって、ちゃんとついてる。」

階段をおりながら、紘太郎がいう。

「その代り、運動不足にならずにすむ。そのへんに、持主の親ごころが、あるのかも知れませんな。ねえ、社長。」

と、関谷がふりかえる。

だが、きみは返事をしない。外へ出たらどうするか、それを考えているのだ。ポケットのマッチを、早くしらべてみたい。いきなりタクシイに飛びこんで、走りださせてしまおうか。だが、もう少し様子をみたいとも思う。いまのところは、関谷も、平野も、紘太郎までが、きみを社長と信じきっているようだ。

「どこへいくの、専務。」

関谷の脳天を見おろしながら、きみは聞いた。

「このうらのほうに、だいぶ京橋よりですけど、お座敷てんぷらの店ができたんです。平野の話だと、なかなか食わせるそうだから、そこへいってみようかと思って。」

きょうは、てんぷらに縁のある日だ。

「けっこうですな。暑いときには、油っこいものをとらなきゃいけません。もう少し肉がつくと、社長もノイローゼなんか、けしとんでしまいますよ。」

と、紘太郎がきみを見あげる。

階段をおりきって、歩道に出た。ビルについて、露地を曲る。きみと関谷が肩を並べると、紘太郎の頭だけが、いくらか飛びだす。こんどはきみが、見あげかげんに、

「浜崎さん、これもぼくの記憶ちがいかも知れないが――たしか、弟さんがいましたね、あんたには。」

「ええ、神戸におります。」

紘太郎の表情には、いささかの動揺もない。

「いまは神戸にいないように、聞きましたよ。なにか間違いがあって。」

「そんなことまで、お耳に入ってますか、面目ないですな。ちょっとしくじりをやりましてね。わたしに相談してくれればいいものを、気が弱いもんですから、どこかいってしまいやがって……もう生きてはいないものと思ってます。」

紘太郎はうなだれた。きみも気まずく、黙りこむ。兄は本気で、悲しんでいるようだ。兄が本気で、誠治は死んだ、というのだとすると、落語ではないが、聞いてるきみは誰だろう。ことによると、ほんとにきみは、雨宮毅なのかも知れない。

お座敷てんぷらの店で、揚台の前にすわってからも、きみはあまり口をきかない。紘太郎の滞在さきを聞いただけで、名刺のうらに電話番号を書いてもらうと、また口をつぐんだ。ビールもグラスにいっぱいだけ。もっぱら、小指のさきほどの唐がらしと、ぎんなんと、海老ばかり食べている。

関谷専務も、五時半からどこかに呼ばれているとかで、あまり飲まない。紘太郎だけが、電気洗濯機のように飲み、真空掃除機のように食べて、専務と店の主人を相手に、録音再生機みたいに喋った。いちばん口数の多かったのは、揚鍋の前の若い主人だ。およそ白い割烹着には不似合いな宇宙航行学《アストロノーティクス》の話で、関谷と紘太郎をめんくらわせている。〈空飛ぶ円盤研究会〉の会員で、空想科学小説《サイエンス・フィクション》マニアだという主人は、恒星旅行における時間遅延効果《タイム・ディレイティション》とかいうものを、説明しだした。壁にかけてある陸蒸気《おかじょうき》の錦絵をながめながら、きみは妙な気もちで、それを聞く。

十光年、二十光年以上もかかる牽牛星《アルタイル》や、織女星《ヴェガ》に、光波ロケットで飛んでいく旅行家は、この効果のおかげで、年をとるのが、地上の人間より遅くなる。だから、地球に帰ったときには、親父より娘のほうが年上になっていた、という現象も起るのだそうだ。理窟の上では、そうした奇蹟が起りうるのなら、きみが一夜のうちに、浜崎誠治から雨宮毅になってしまったのも、べつだん不思議はないかも知れない。ゆうべの夕立には、強力な放射能がふくまれていて、それがきみの肉体と、ほかのひとの記憶にだけ、影響したということも考えられる。

「いやあ、驚いたな。」

柿いろの暖簾をくぐって、おもてへ出ると、ビールでつやの浮いた額をなぜながら、紘太郎がいった。

「てんぷら屋のおやじの口から、アインシュタインが飛びだそうとは思わなかった。」

「あんたがいけないんだよ、浜崎さん。ソ連の月ロケットの話なんかしたから。」

と、関谷が笑う。

「敵があんなにくわしいとは、神ならぬ身の、知るよしもないからね。わけがわからなかったけど、話はなんとなくおもしろかったですな。」

「小さな店には、ああいう変ったおやじが、ときどきいるんだね。揚箸をにぎるほうの腕も、そんなに悪くなかったじゃないですか、社長。」

5:13 p.m.

きみは露地の角で、立ちどまった。

「ここを曲るんだったね。」

「まっすぐでいいんです。ちょっと手前に出ますが。」

関谷は肩を並べてきた。陽は東京駅のむこうに、沈みかけているらしい。露地はすっかり影になっている。

大通りに出ると、退社時間の人波が、前のひとの影をせわしなく踏みながら、駅へ急いでいる。それにさからって、きみたちが歩いていくと、

「おさきへ失礼します、社長。」

「おさきへ、社長、失礼します。」

「社長、おさきへ。」

いくたりもから、声をかけられた。きみの足は乱れる。紘太郎や専務にならって、軽く会釈をかえしながらも、もうだめだ、ときみは思う。男だけの三人づれ、男と女のふたりづれ、女だけのひとかたまり、男と女のひとかたまり。十五、六人、二十人、三十人ちかくいたかも知れない。みんな、雨宮商事の社員だろう。連中には、きみが社長としか、見えないらしい。

きみはうなだれて、ビルの玄関へ入る。うなだれて、階段をのぼる。そこでも、す

れちがったかわいらしいロウヒールが、

「さよなら、社長さん。」

と、声をかけていく。

「やあ、さよなら。」

きみの代りに、しんがりの紘太郎がいってくれた。

金文字で《雨宮商事》としるしたドアは、あかなかった。

きみは関谷専務をふりかえる。

「もうみんな帰ったんでしょう。」

「ぼくにあいさつをしてったのが、そうだね?」

「そうですとも。でも、社長室に、平野が待ってるはずですよ。さっきのドアです。」

廊下をすすんで、ドアを軽くノックすると、平野が顔を出した。

「お帰りなさいまし。」

「きょうは残業はいないのかい?」

きみのあとから、社長室へ入って、関谷が聞く。

「ええ、金曜日ですからね。金曜土曜は残業をさける方針でしょう。それに今週は、それほど忙しくもなかったし。」

「社長か、わたしのところへ、電話がなかったかね?」

「専務へはありませんが。」

と、平野はきみに顔をむけて、

「社長には、奥さんから、お電話がありました。いわれた通り、おつたえしておきましたが……それからっと、五時ちょっと前ぐらいでしたか、私立探偵だという男が、やってきましてね。」

「私立探偵?」

きみは、関谷専務をかえりみる。

「どんな男だった、平野君?」

関谷も太い眉をよせる。

「なんだか、風采のあがらない小男でしたよ。ぼくがあったんです。いろいろ社長のことを、聞かれました。あたらずさわらずに、答えておきましたが。」

「阪神貿易が、しらべてるんじゃないかな。こんどの取引に先立って。」

「そうだとすると、わたしはおもしろくないな。」

と、紘太郎が口をはさむ。

「そうでしょう。わたしの言葉だけじゃ、信用できないって、阪神貿易からいってきたも、同然ですよ。わたしの面目は、まるつぶれだ。文句をいってやりましょう。」

「そんなことはない。浜崎さんが気にされることはありませんよ。はじめての取引先を、念入りに調査するってのは、その会社の堅実性を証明してることだ。ねえ、社長。」

関谷専務にうながされて、きみはうなずく。

「専務、それはそれとして、もう時間じゃありませんか。五時半とおっしゃってたでしょう?」

と、平野が手首をさしだした。そこに巻きついた腕時計を見て、関谷はあわてる。

「こりゃいけない。わたしはもう出かけなければ。」

「わたしも失礼しますよ。平野君、さっきのかばんを。」

「ああ、そうでした。」

平野はデスクの下から、黒いグラッドストンをひっぱりだす。

「ぼくも帰っていいんだろうね。」

と、皮肉のつもりではなく、きみはいう。

「それじゃあ、みなさん、どうぞ階段をおりててください。すぐ追いつきます。」

洋服かけの夏服に、手をのばしながら、平野がいう。

きみたちは廊下に出た。また階段をおりていく。往来には夕陽のフィルターがかかって、さっきよりも、一段とものの影が目立っている。ひと通りをよけて、きみたちは歩道のはじに出た。ぐあいよく、トヨペット・クラウンの八十円タクシイが、空車の標示を立てて、走ってくる。

「さきに乗っていいかい？」

きみは手をあげながら、ふたりを見かえる。

「どうぞ、どうぞ。あしたは十時半から会議ですよ。おわすれにならないように。」

と、関谷専務が頭をさげる。

「どうもご馳走になりました。またあす、夕刻におうかがいします。」

と、紘太郎も頭をさげる。

「じゃあ、おさきに。」

ドアをあけて待っているトヨペットへ、きみは乗りこんだ。関谷専務がドアをしめてくれる。

「どちらへ？」

メーターを倒しながら、年配の運転手がいう。

「まっすぐやってくれ。」

「まっすぐやると、東京駅ですぜ。」

「電車通りへ出たら、左だ。」

「鍛冶橋のほうですね。」

「なんだか知らないが、左でいいよ。」

「けっきょく、どちらへいらっしゃるんです？」

「ちょっと待ってくれ。いま見るから。」

「どうぞごゆっくり。ちょうど信号が赤になりました。」

電車通りの手前で、タクシイはとまった。

きみはポケットから、関谷専務がもっていたマッチをとりだす。ハード・コントラストの、目鼻もはっきりしないほど、ざらついた女の横顔には、見おぼえがたしかにある。もちろん、顔そのものにではない。マッチにだ。うらは、まっ黒。中央に白ぬきで、RAGTIMEとアルファベットを積みあげたみたいに、印刷してある。片わきの細長い部分を見ると、やはり白ぬきの小さな活字が、**なかの駅まえラグタイム**、と読める。

「中野だよ、目的地は。」

「それなら大手町へぬけたほうがいいんだが、はじっこへとめちゃいましたからね。

鍛冶橋をまわらしてください。」

「かまわないよ、中野の駅へさえ、いってくれれば。」

「大したちがいはありませんから。」

信号が変って、車は左へ出た。だが、前がつかえていて、なかなかすすまない。

「ずいぶん、こんでるな。」

「ひどいもんでさあ、いまごろは。せっかく乗っていただいて、こんなことをいうやつもねえもんだが、中野へいくなら、国電のほうが、時間的には早よござんすね。急行でがしょう。神田にとまって、お茶の水にとまって、四ツ谷にとまって、新宿にとまって、もうその次は中野だから。」

「馬鹿に商売気がないんだね。」

「そうでもないんですよ。早いってことじゃ、あんまり自慢が出来なくなっただけでね。どこでも乗れるし、かならず腰かけられる。話好きのお客さんなら、運転手とお喋りも出来る。そこらがタクシイのいいところでさ。あたしどものような商売をしてると、いろんな目にあいますからね。話のたねはいくらでもありますよ。」

トヨペットは、ようやく鍛冶橋の交叉点を、右へ曲った。

「鍛冶橋っていったって、橋がないじゃないか。」

と、窓を見ながら、きみがいう。

「もとはあったんですよ。川を埋めちゃったんで、橋の名だけが残ったんです。檀那は東京のかたじゃないようですね、失礼だが。」

「ああ、こっちへきてから、まだ三月だ。」

「さいですか。これが都庁です。太田道灌の銅像がありますよ。」

運転手はホイールから、左手を離してふった。きみは顔をよせて、大きな建物の、蛍光灯に青ざめた窓の格子縞を、ふりあおぐ。

「どこに？」

「そんな上のほうを見たって、だめでさあ。銅像といっても、小さいんです。でも、大きいほうが、やっぱり偉そうですね。ああ小さいと、お地蔵さまみたいで、いけませんや。」

「夜になるのが、早くなったようだな。」

きみはついでに、空を見あげる。

「日没は、六時六分ですよ。お月さんはもう、四時二十九分にのぼってますがね。うしろのほうに、見えませんか。旧の十二日のはずだから、だいぶ、まんまるになってるでしょう。」

「くわしいんだね。」

うしろの窓へ顔をむけながら、きみはいう。

「月の入りは午前二時二十一分、なんて暗記してますよ。商売がら、新聞のお天気欄を精読するんです。ゆうがた、にわか雨があるなんてことを心得とくと、いくらかちがいますからね。」

ビルの上には、ネオンサインが、煌《かがや》きはじめている。それに邪魔されるせいか、月のありかはわからない。きみはふと、フォックスのめがねの女を思いだす。重なりあってついてくる車の数を、注意ぶかく見あらためる。けれど、シトロエンはいないようだ。

きみはシートにくつろいで、ハイライトをくわえる。ダンヒルで火をつけてから、顔の長い運転手に話しかける。

「中野へは、どういう道順でいくんだい?」

車は公孫樹《いちょう》の並木を、馬場先門へかかって、信号待ちだ。

「さいですな。馬場先門からお堀っぱた、清麻呂さんにあいさつをして九段下、靖国神社を右に見て、坂をあがって市ガ谷から、つわものどもの夢のあと、参謀本部の前をぬけ、雨のふる日は合羽坂、水嵩まさる河田町から大久保へ、百人町から柏木と宮園通りをとおりぬけ、ついたところが中野駅、てえのはどうです？　ちょいとした道中づけでがしょう。」

「なんだい、道中づけって？」

「ナニワブシでね、どこかからどこかまでいく道順を、フシにのるように調子よく並べたてるのを、道中づけてんですよ。檀那なんかは、ナニワブシてえと、顔をしかめるほうだろうけどね。あれでなかなか、いいもんですぜ。胴間声の関西ブシが、東京にまではびこって、大劇場へ進出するようになってから、ナニワブシは、だめんなったんだ。ほんものの関東ブシを、いちど聞いてごらんさい。かなしくって、そのくせ、威勢がいい。このごろ、ファンキーだとかなんとか、さかんにいうでしょうが。夜おそく走ってるとき、あたしゃあよく、このトランジスタで、モダン・ジャズってやつをかけるんですがね。ときどき昔の小楽燕や、小金井太郎みたいなメロディが出てきますぜ。関東ブシってのは、日本のファンキーですよ。」

「ナニワブシが、ファンキーってのは、よかったな。」

「けど、ファンキーてやつに夢中になって、からだをゆさぶってる連中にゃあ、へんなのがいますねえ。十日ぐらい前でしたかな。若いアベック、のせたんですよ。ちょうどそんときも、そうだ、十二時半をまわったところでしてね。ラジオ関東の〈ミッドナイト・ジャズ〉てえのを、やってたんです。よくかけるんですよ、あたしゃあ、その番組。するてえと、野郎のほうが、『おっさん、話せるなあ。もっとヴォリュームあげろよ。』ってましてね。かなり酔ってるんですな。これが。」

「ファンキー族ってやつか。」

「東京の若いもんに、〈おっさん〉なんてぜえろく言葉で呼ばれると、鳥肌んなるたちでね、あたしゃあ。帽子をとりゃあ、お毛がなくっておしやわせのほうなんだから、おやじでけっこう。けれど、そのおやじにしてからが、このせつはラジオに出る若いはなし家まで、尻あがりに発音するんだ。いやになりますさ。おやじってのは、おにアクセントをおくのが、東京弁ですよ。尻あがりになるのは、ぜえろく言葉の影響でさあ。」

「おやじ、ぼくもぜえろくなんだよ。」

「こいつあいけねえ。失礼しました。」

「まあ、いいや。それで、そのアベックがどうしたの？」

「どこでもいいから、手ごろなホテルか、旅館へ、つれてけってんです。ウィスキーのポケット壜を、かわるがわるあおっちゃ、ジャズにあわして、からだをゆするの、ウーとかアーとか、そうぞうしいっちゃない、とにかくホテルをめっけてやるとね。

小さなボストンを後生大事にかかえこんで、野郎だけおりた。『万一ことわられたら、次をさがしてもらうから、逃げるな。』って、女を残していくんでさ。」

「それで、ことわられたのかい？」

「あたりまえでさあ。まだ餓鬼で、おまけに、ずぶろくぐでんときちゃあ、たいがい敬遠されますよ。あたしゃあ、観念してもう一軒つきあったんだ。ところが、そこでもことわられたら、こいつ、様子がおかしくなりましてね。」

「どんなふうに？」

「くっつきあって、おかしな真似をはじめたんでさ。」

「おかしな真似って？」

「檀那も察しが悪いな。鏡を見ると、野郎の手が一本ないんですよ。」

「へええ。」

「スカートの下で、潮干がりをはじめたらしいんでさあ。女のほうが、腰から鼻にぬけた声になりかけたから、あたしゃ、いってやりましたよ、『いくらスプリングがきいてるからって、間違えてくれんなよ。』ってね。するてえと、いけずうずうしいじゃありませんか。『ぶつけない自信があるなら、バックミラーを拝んでてもいいぜ。拝観料はとらないから。』って、野郎がいやがるんでさ。あたしゃあ、むかっ腹立てて、車とめちゃいましたよ。」

「叩きだしたのか。」

「それが、ちょうど♨マークの前でね。そっちで引きとってくれたんで、助かりました。ところがだ。あくる日の夕刊を見て、驚きましたねえ。」

「なにかあったのかい？」

「ボストンを後生大事にかかえてた、といったでしょう。あたしゃ、てっきり親の金を持ちだしての家出者《やさぐれ》と睨んでたんだが、かばんの中味は、金じゃなかったんです。《旅館でダイナマイト心中》って、派手に書きたててありましたっけ。いまの若い連中は、心中までお祭さわぎなんだから。あたしどもにゃわかりませんや。年甲斐もなく、喧嘩をおっぱじめなくてよかった、と思いましたよ。この爺様《じいさま》、癪だからここでやっちゃえ、なんて、ドカンボコンじゃ浮かばれませんからねえ、まったくの話が。」

「ほんとだな。」

「十人十色《といろ》てえますが、ずいぶん変ったお客がいますよ。」

いま乗せている客も、一夜にして突然変異をとげた男だ、と知ったなら、この運転手はなんというだろう。きみの頰には、微笑が浮かんだ。

メーターの変る音にも神経をつかわず、くわえタバコでふんぞりかえり、運転手のお喋りに笑っていられるのは、ふところに、一万八千なにがしかの金があるせいだ。三十人ちかくの人間が、信じこんでいるのなら、いっそ雨宮毅になってしまうのも悪くない、ときみは思いはじめる。

九段坂から曙橋下の通りまで、つかえにつかえてきた車も、合羽坂をあがり、フジTVわきから河田町へと、スピードをとりもどした。

「さっきあがった陸橋のところの坂は、どうして合羽坂っていうんだろう？」

「さあ、そこまでは知りませんが、おもしろい名ですね。いま通ってきただけでも、ずいぶん変った名の坂がありますぜ。九段上に一口坂《ひとくち》。ほんとはいもあらい坂と読むんだそうですがね。市ガ谷駅の橋をおりてきて、前に見えるのが浄瑠璃坂に左内《さない》坂。合羽坂の手前を右にあがるのが津の守《かみ》坂。これなんざ、いい名前でさ。陸橋をくぐったさきを、愛住《あいずみ》町にのぼるのが暗闇坂。左へ入ったほうに、念仏坂てのもあるそうです。こういう名前は残しておいてもらいたいもんだが、いまじゃ近所のひとでも知らないことがありますよ。みんないなかものだから、東京に愛情がないんだね。自分の住んでる町《ちょう》ところも、満足に読めないのがいますぜ。小石川の春日町《かすがまち》が、春日ちょうになったくらいは、しょうがねえとしても、渋谷の百軒店《ひゃっけんだな》が、ちかごろは、百軒てんだ。」

車はいま第一病院横の、ゆるやかなスロープを疾走している。ふりむくと、雲のまた出はじめた空に、まるい大きな月があって、山の手はもう夜だ。左に見えるネオンの花壇は、新宿にちがいない。

中野駅前の《ラグタイム》という、たぶん酒場であろう店でも、なんの手がかりもつかめなかったら、〈浜崎誠治〉のことはあきらめて、牛込矢来の家に帰ろう。きみはそう思いはじめる。あしたは十時からの会議がおわったら、口実つくってぬけだして、懸案の泉岳寺へいってみよう、もちろんタクシイで。神戸では、ひと目をはばかってやったことが、こんどは大っぴらに出来るのだ。

大久保の柳並木へ入ると、車はまたつかえはじめる。運転手は窓から長い顎をだして、前の様子をうかがった。

「事故らしいな。パトカアがとまってますぜ。引っかえしも出来ないし、立ち往生よりしょうがねえか。とんだ弁慶だね。」

「時間がかかりそうかい？」

「救急車は見えないから、大したこたないと思いますがね。ありがたい。動きだしましたよ。牛の歩みのよし遅くとも、とまってるよりゃましでしょう。」

車の列が、芋虫のようにすすみだす。

「この車ですよ。派手にやりゃがったね。」

右がわの、柳が青い噴水みたいにしだれた下に、フェンダーの歪んだ白ナンバーが、半ば歩道にのりあげて停っている。竪屋根《ハード・トップ》をつけた赤いスポーツ・カアだ。よく見ると、きみが自動車雑誌で惚れこんだサンビームらしい。こんな典雅なイギリスものを、乱暴に乗りまわしているやつが、いるのかと思うと、きみはいよいよ浜崎誠治なんか、どうでもよくなってくる。

ゆっくりすれちがいながら、窓に顎をのせて、運転手がいう。

「フロント・グラスについてる黒いのは、血らしいなあ。ハンドルにぶつけて、歯でもおっぺしょったかな。こりゃあ、救急車がいったあとらしいですぜ。」

「ひどいもんだな。」

「近ごろは命知らずが、多うがすからね。きょう見ただけでも、これで二度めですよ。もう一度、見るんじゃねえかな。二度あることは、三度あるてえから。」

「その三度めに、こっちがならないように、気をつけてくれよ。べつに急いでるわけじゃ、ないんだから。」

ようやく宮園通りへ、だらだら坂をくだって、車はいくらか、自由をとりもどす。きのうまでの、きみのアパートが近くなる。雅子はとっくに、九号室の細君と、つとめさきの酒場《ジャンゴ》へ、出かけたことだろう。鎌田甚吉も、近くの銭湯へうだりにいくじぶんだ。タクシイをここでおりて、八号室へ名残りの一瞥をあたえてこようか、ときみは思う。けれど、鍵がないから、部屋の中へは、どうせ入れない。それに気づいて、きみが考えを棄てたときだ。アパートの裏口へぬける露地から、白地のゆかたの男が出てきた。片手にタオルをぶらさげて、下駄をひきずる歩きかたは、どうも鎌田甚吉らしい。きみは運転手の肩に手をかける。

「ちょっとスピードをおとしてくれ、知ってるやつが、歩いてる。おどかしてやりたいんだ。あの白っぽいゆかたの男だよ。」

「相手が心臓麻痺を起しても、あたしゃ、責任おいませんぜ。」

「そんな心配することないよ。ぼくが肩を叩いたら、スピード出してくれ。」

雨宮毅になってしまえば、どうせ縁はきれる男だ。からかって悪いことはない、ときみは思う。窓のガラスはおりている。徐行した車が、歩道の甚吉と並んだ。とたんに、きみは首をだす。無精髭のまばらな顔が不審そうに、こちらを見る。

「ばあ！」

きみは舌をだした。甚吉は立ちすくむ。窪んだ目が、おもちゃの鉄砲のコルクだまみたいに、飛びだした。セルロイドの石鹸函《せっけんばこ》が、歩道に落ちて、からからんと鳴る。

「それ、いけ。」

きみは運転手の肩を叩く。ぐぐっと車が走りだす。うしろの窓を見かえって、きみは笑いがとまらない。甚吉はまだ、下顎を垂れて、棒立ちのまま、見る見る小さく縮んでいく。

「いいんですか、檀那。ひどく驚いたようでしたぜ。」

運転手がバックミラーをあおいでいう。

そのひとことで、きみの笑いはおさまった。考えてみればおとなげもない。

「ぜえろくの悪ふざけだな。」

きみは不機嫌な声でいって、シートに深くよりかかる。甚吉のやつ、どうしてあんなに驚いたのだろう。きみの顔を見わけたからか。街灯のあかりがあったとしても、けさ、はじめて見た顔を、とっさに識別できるだろうか。考えだすと、あの仰天のしかたには、妙にひっかかるものがある。

きみは黙って、車に揺られていく。あまり道がよくないのだ。それに関東バスが前をふさいで、トヨペット・クラウンの速度は、また、はかばかしくなくなっている。なんとなく、両がわのあかりも黄いろっぽく、暗い。病院らしい鈍重な建物の前で、どうやらバスを追いこした。車は五つ叉の道路に半円をえがいて、大きく右にまわりこむ。とたんに両がわが、蛍光灯の光を華かに放った。

商店街を走りぬけながら、運転手がいう。

「もう中野ですよ。駅の前へとめて、よござんすか。」

「ああ、そうしてくれ。」

車はまた右折して、四角い駅前広場へ入る。中野駅の前にとまった。

「いくらだい？」

運転手がメーターの豆ランプをつける。

「五百二十円です。どうもご退屈さまで。」

と、落語家みたいなあいさつだ。

きみは六百円わたした。

「つりはいらないよ。」

と、鷹揚にいうのも久しぶりで、じつに気もちがいい。トヨペット・クラウンは、起したメーターをすぐ倒して、和服の中年婦人を客に、走りさった。きみは出札の窓口を背に、深呼吸をする。

月は雲に嚥《の》まれたらしい。駅前の空は暗い。四角い広場を、裏返しのコの字なりにかこんで、バスの停留所が並んでいる。そのひとつひとつに行列が出来て、広場の三方はまっ黒に、人間の防風林でふさいだように見える。あとからあとからバスがきて、従順に待っている人間たちを運んでいく。国電の改札口は、ほぼ一定の間隔をおいて、人間たちを吐きだしている。そのほとんどが、バスの停留所に並ぶから、行列は長くもならなければ、短かくもならない。オートメーションの大工場に迷いこんだ、トンバラ族の土人みたいに、きみは駅前の騒音を見まわす。

広場のむこう正面には、建物の上に金融会社や、証券会社のネオン看板が見える。左よりには映画館や、喫茶店や、酒場のネオンが、重なりあって見える。いましがた、きみがタクシイできた商店街と平行して、その下には狭い通りがあるようだ。映画館や喫茶店が、軒を並べているらしい。《ラグタイム》という店も、そこにあるのかも知れない。

広場のへりを、きみは左へ歩きだした。バスの営業所があって、そのわきから、国電の線路ぞいに、だらだら坂が、東中野のほうへのぼっている。線路は、コンクリートでかためた築堤《エムバンクメント》の上を走っている。矩形の光をつらねて、中央線の電車が走るとき以外、だらだら坂は暗い。暗い道には、用がない。角は交番だ。制服の警官が椅子に腰かけて、通るひとをながめている。ここで聞けば、すぐわかるかも知れない。だが、近よる気はしない。人間の防風林にそって、巡査の前をすどおりする。鼻のさきに、くだもの屋があった。

　小さな店いっぱいに、柿や、アレキサンドリヤ葡萄や、インド林檎《りんご》や、二十世紀梨や、青い蜜柑《みかん》を積みあげている。裸電球の光が乱反射して、大人国《ブロブディングナグ》の宝石店のようだ。若い店員の顔まで、夏蜜柑に似ている。ここで聞いてみよう、ときみは思う。

「あの……ちょっとうかがいますが。」

「なんですか?」

　ふりむいたのは、ゴールデン・デリシャスを、紙袋に入れている店員ではない。立っている客だった。その顔を、というよりも、ふりむきかけた顔を見て、あっときみは口をあいた。

「なんだ、またあんたか。こんどは、なにを聞かれるんだい?」

　相手もきみを、おぼえていた。

　精悍なモヒカン族あたまを、ひとなでして、にやりと白い歯を見せる。いまは、黒シャツでもなく、藍鼠いろのスウェイド服でもない。長袖の白いポロシャツ。胸のところに、睫毛の長い、吊りあがった一対《つい》の目が、黒く大きくかいてある。

6:09 p.m.

「ああ、さっきはどうも。猪俣さんでしたね。」

呆気にとられながら、きみはいう。

「ぼくの名前を知ってるね。名のりはあげなかったはずだがな。」

「鈴置さんに聞いたんです。」

「なるほどね。がっかりさせやがる。週刊誌かなんかで、ぼくのことを読んだのかと思った。殺し屋には、あえたんだな。」

「あえました、おかげさまで。」

「用は足りたかい？」

「ぜんぜん、足りませんでしたよ。それも足りそうで、足りないんだ。腹が立ちました。」

「子猫の始末でも、頼みにいったの？」

「とんでもない。いっぴき片づけるところを見せられて、胸くそが悪くなりましたよ。」

「まさか本物の殺し屋と間違えて、依頼にいったわけじゃないだろうね。」

「冗談じゃありません。人相を聞きにいったんです。」

「やつは似顔かきで、人相見じゃないぜ。」

「でも、あんな変てこな顔をかかれたんじゃ、役に立ちませんよ。」

「ちょっと待ってくれ。話の様子だと、きみは鈴置が、猫専門の殺し屋だってことも、アブストの似顔かきだってことも、知らないでいて、やつをたずねたらしいね。」

「ええ。」

「名前を知らなかったくらいだから、あいつの昔なじみというわけでもないな。」

「だから、顔をおぼえているかどうか、聞きにいったんです。」

「誰の顔を？」

「ゆうべ、ぼくといっしょに酒をのんだ男の顔を。」

「きみはおぼえていないのかい？」

「酔ってるときに、はじめてあった男ですから。」

「ちょっと飲み屋で知りあったぐらいなら、わすれちまっても、かまわないように思うがな。」

「かまわなくないんです。その男だけが、手がかりをにぎってるはずだから。」

「手がかり？　おもしろくなってきたな、話が。」

胸にかいた目みたいに大きい、ほんもののほうが、ぎろりと動いた。

「お待ちどおさま。」

夏蜜柑に似た店員が、ゴールデン・デリシャスのつつみをさしだす。猪俣は金をはらいながらも、顔はきみへむけたままで、

「手がかりってなんの？」

「聞いてるのは、ぼくのほうですよ。」

「そうだったな。こんどはなにを聞きたいんだね？」

「喫茶店か、バアだと思うんですが、《ラグタイム》という店を、知りませんか。中野駅前だっていうんですが。」

「知ってるよ。くだらないバアだ。酒をのむなら、もっといい店を教えてやるぜ。」

「酒なんか、どうだっていいんです。聞きたいことがあって——」

「殺し屋をさがしたのと、おなじ用件でかい？」

「ええ、まあ。」

「要するに、ひとを探してるわけだな。ゆうべ、いっしょに飲んだ男ってのを。」

「ええ、まあ。」

「アリバイかなんかで、どうしてもそいつを見つけだしたいのかい？」

「ええ、まあ。」

猪俣は大きな目で、きみを頭のてっぺんから、靴のさきまで、見おろした。

「どうだい、ぼくにくわしい話を聞かせてみないか。」

「でも、その《ラグタイム》へ……」

「あとでつれてってやるよ。あすこの女たちに、その男のことを聞きたいんだろ？ それだったら、まだ時間が早すぎる。もっと遅くなってからのほうが、聞きこみには都合がいいな。」

「そうでしょうか。」

「まかしとけよ。ぼくの家はすぐそこなんだ。立話もできないから、家へいこうじゃないか。」

猪俣はきみの腕をつかんだ。指の長い、大きな手だ。力がある。いやおうなしに、きみは歩かせられた。

「しかし、べつにお話するようなことは――」

「ぼくの目は、ごまかせないよ。きみは窮地におちいってるんだ。知恵をかすぜ。内職に私立探偵を開業しようか、と思ってたくらいなんだからね、ぼくは。さしずめ今夜が口あけだな。とくに無料サービスをしよう。なんでも相談してくれ。」

あともどりして、改札口の前をとおりすぎる。中央線の線路は、南口の商店街から、北口の警察大学前へぬける道路を、架道橋でわたって、築堤《エムバンクメント》の上を高円寺へ走っている。その築堤《エムバンクメント》ぞいの坂道を、きみたちはのぼっていく。

「でも、個人的なことですから、縁のないあなたに――」

「縁がないことはないだろう。半日のうちに、三度もあってるんだ。最初はよくおぼえていないがね。新井薬師行きのバスの中で、あったというんだろう？　神保町の雑誌社へ、カットを届けにいった帰りなんだ。締切りすぎなんで、大奮発で出かけたんだが、あんなに早く、ぼくが都心を走るバスの中にいるなんて、普通じゃないよ。《シャウト》であったのは、いつも入りびたりだから、ふしぎはないかも知れない。でも、昭和通三丁目でバスをおりて、途中でめし食って、家へかえって、推理小説雑誌の挿絵を一枚かいて、《シャウト》へいったら、すぐきみがきた。挿絵がすなおにかけなくて、ぼくがひと足おくれてたら、顔はあわなかったぜ、きっと。いまだって、そうだ。ぼくがいまごろ家にいて、しかも林檎を買いに出るなんて、めったにないことだからな。縁は大あり名古屋だよ。仏家《ぶっけ》でいう因果応報ってやつか。」

と、なりに似あわぬ古くさいことをいったが、すぐ吹きだして、

「因果応報ってのは、こういうときにつかうことばじゃないな。とにかく、きみはぼくに、話を聞かしたほうがいいんだ。」

坂をのぼりきると、道は線路とおなじ高さになった。猪俣は左の露地へ、先に立って曲る。角の街灯が心細く立って、うすぐらい屋敷町だ。唐草模様を透《すか》した鉄門の、西洋館という呼びかたが、いちばん似あう家がある。塀も古風な赤煉瓦だ。その先には、モダンなクリンプ網塀が、手入れのいい庭の植こみを、見せている。そのとなりは、板張の大和塀《やまと》。まるで塀の展覧会だ。その次の柾《まさき》の生垣のところで、猪俣は立ちどまる。

「ここだよ。」

低い横板張の門をあけると、植こみの中に、門灯の柱が立っている。乳白色のグローブに、猪俣と書いてある。正面に軒庇のふかい玄関が見える。

「いい家ですね。」

と、きみがいう。

「ぼくの家じゃないよ。兄貴のさ。ぼくはいちおう独立してってね。こっちだ。」

玄関へつづく敷石をはずれて、猪俣は植こみの中へ入る。庭のすみの生垣のきわに、小さな小屋が細長く建っている。いなかの屋外便所みたいな感じだ。羽目板も黒ずんでいる。だが、小さな曇ガラスの窓には、灯《ひ》がともっている。

幅のせまいすべり戸に、門灯の光があたって、妙なもののかかっているのが見える。木彫りに赤、白、緑、黄いろ、大胆な彩色をした仮面だ。グロテスクで、ユーモラスで、アフリカの魔法医者《ウィッチ・ドクター》でもかぶりそうに、でっかい眼《まなこ》をむいている。白い紙の舌を、だらんと垂れている。近よって見ると、黒のマジック・インクで、〈じき戻ります〉と書いてある。猪俣は面をはずして、すべり戸をあける。中は座蒲団一枚ほどの土間で、すぐ正面は板壁に鼻がつかえる。うしろが押入れになっているらしい。その板壁に、猪俣は面をかける。ほかにも、舌のかたちに切った白紙が、たくさん画鋲でとめてある。〈留守です。すいません〉というのがある。〈絵は兄の家にあずけてありま す〉というのもある。〈寝ています。遠慮なく起してください〉というのも、〈熟睡中。またにしてください〉というのもある。〈新宿のシャウトにいます〉というのもあって、電話番号が赤で書きそえてある。そのときどきで、この舌を面の口へさしかえるのだろう。

猪俣は右手のカーテンをあけて、座敷へあがる。

「どうぞ。戸はしめてくれよ。」

きみがなにかいおうとすると、座敷の中で声がした。

「林檎、買ってきてくれた？」

女の声だ。きみは土間に立ちすくむ。

「ああ、買ってきたよ。ついでにお客さんもひとり、ひっぱってきた。かまわないから、あがれよ。」

しまいのほうは、きみをふりかえって、猪俣がいう。

座敷といっても、細長い板の間で、畳を敷いたら、四畳ぐらいだろう。いちばん奥がつくりつけのベッドになっている。その上に起きなおりかけた女が、あわてて毛布を、頭からかぶった。ベッドの下には、スプリングの代りみたいに、本がたくさん積みあげてある。猪俣は窓の下から、折畳式のテーブルを持ちあげると、鉄棒の脚を床の穴にさしこみながら、

「早くあがれよ。カーテンをしめたら、そこに椅子が畳んで立てかけてある。ただひろげりゃ、いいんだ。そいつに腰かけてくれ。見かけほど、すわり心地は悪くない。」

と、いった。出来あがったテーブルの上に、林檎のつつみをおく。自分も折畳椅子

をひろげて、腰をおろす。

きみは靴をぬいで、板の間にあがる。露地に面した窓のない板壁には、大小のキャンバスが立てかけてある。上のほうには、近作だろう。Fの五十号ぐらいのが、かかっている。イヴ・タンギイを具象派にしたような絵で、林の中の空地に、のぼったばかりの月を、裸の女があおいでいる。けれど、月は古風な飾りのついた懐中時計。林の黒い木の枝からも、腕時計や懐中時計が、銀いろにぶらさがっている。裸の女は背中にジッパーがついている。それを尻までひきさげて、ゴムの作業衣みたいに、皮膚をぬぎかけている。置時計のメカニズムのようなものが、中からグロテスクな真鍮いろに露出している。左がわの林の上から、犀と象と獅子をいっしょくたにしたような灰いろの怪物が、女をのぞきこんでいる。その大きな両眼も、やはり時計だ。懐中時計の月をかすめて、馬の骸骨にまたがった人間の骸骨が、天駈《あまか》けっている。人間の骸骨は、赤い軍隊外套に赤い長靴をはいて、古ぼけた火縄銃をかついでいる。その先にぶらさがっているのも時計。緑いろの夜空には、ほかにも、つばさをはやした銀いろの竜が、飛んでいる。その鱗《うろこ》をこまかくくねらせた胴には、婦人用の腕時計が、いくつも巻きつけてある。よく見ると、林の中にも、もうひとり、乳房の大きな裸の女が走っている。これは下半身が、駝鳥みたいな褐色の鳥だ。両手で頭上にささげているのが黄金の置時計。ぜんぶの時計が、ぜんぶちがった時間をしめしている。まるでペンでかいたみたいな細密画だ。色もきれいだし、丹念なことには感心するが、きみはあんまり好きになれない。

けれど、猪俣は得意そうに、

「そいつは、江戸時代の化物尽しの絵にヒントをえてね。手法はジョオ・マグナイニという絵かきのを学んで、かいたんだよ。二紀へ出すつもりなんだが、傑作だろう？　題は《やぶにらみの時計》というんだ。」

「やぶにらみの時計？　ぼくもさっき、そんなことを考えてたところです。」

椅子をひろげて、腰かけながら、きみがいう。

「小説か詩でもかくのかい、きみは？」

「いや、いまのぼくの身の上が、なんとなくそんな感じなんです。時間がやぶにらみになって、この世の中のめどが狂ってしまったみたいな……」

「そうだ。そいつを早く聞かしてくれよ。これでも、かじりながらさ。」

猪俣は包装紙をひらく。ゴールデン・デリシャスを、テーブルの上へ並べる。そのひとつを、手のひらにのせて、

「おい。」

と、ベッドへさしのばす。濃い腋毛に根もとを飾って、かたちのいい腕が一本、毛布の下からあらわれる。銀のマニキュアをした指さきに林檎をつかむと、また毛布の下へひっこんだ。わずかなあいだに、その肩ちかく、いぶし金の蜥蜴の腕輪が巻きついているのを、きみはみとめる。さては、《シャウト》の女の子らしい。

「さあ、話してくれ。」

うながして、猪俣はさくりと、黄いろい果実に歯を立てた。

きみは話しはじめる。猪俣はときどき質問をはさんで、熱心に聞いた。興味が増すと、モヒカン頭がのりだして、デリシャスをかじる速度が早くなる。ベッドの上でも、毛布がもぞもぞ動いて、しゃりしゃり、かすかな音がしている。

「そんなわけで、《ラグタイム》が、最後の手がかりなんです。」

と、きみは話をおわった。

猪俣がテーブルを、とんと叩く。

「おもしろい。」

「ぼくはちっとも、おもしろくないですよ。こんな馬鹿なはなし、あるでしょうか。」

「たしかに妙だがね。いま聞いただけの中からでも、推理のデータは、ずいぶん拾いだせるぜ。ぜんたいの感じは、ちょっとウールリッチだな。」

「そのウールリッチってひとも、ぼくみたいな目にあったんですか。」

「知らないとは、話せないね。コーネル・ウールリッチてのは、アメリカの推理小説家だよ。ウイリアム・アイリッシュって別名で、《幻の女》——*Phantom Lady* という傑作を書いてる。その主人公はね。殺人の嫌疑をかけられるんだ。その晩は、外を遊びあるいてて、アリバイを立証してくれる人間には、ことかかないはずなんだ。酒場のバーテンやなんかね。ところが、刑事といっしょに、一軒一軒、歩いてみると、みんながみんな、『あなたをお見かけしたことは、ありません。』というんだ。似てるだろう、感じが。」

「しかし、ぼくのは、つくり話じゃありませんよ。」

「わかってるさ。ウールリッチにはほかにも、アリスという女が消えてしまう中篇がある。つまり、証人が偽証してるわけだな。きみの場合にも、それがいえると思うんだが、その検討はあとまわしにしよう。ほかに例をさがすと、なんとかテイラーって作家、ファースト・ネームが思いだせないけど、そいつが、*The Man with My Face* ——《わたしの顔をもった男》という長篇を書いてる。ぼくはペンギン・ブックで読んだんだが、いつか週刊誌の別冊かなんかに抄訳がのったそうだ。見なかったかい?」

「読んでませんね。」

「これはね。主人公とそっくりおなじ顔をしたやつが、主人公の留守に家に入りこんで、あるじ顔をしてるって話だ。奥さんも檀那さんだと思いこんでるし、愛犬までが主人のつもりで、馴れてやがってね。」

「ぼくの立場に似てますね、いくらか。」

「親友までが、主人公をにせものあつかいする。こいつはつまり、主人公の財産めあての横領事件でね。奥さんも、親友もみんなぐるなんだよ。もうひとつ、これは短篇だが、アントニイ・アームストロングってイギリスの作家に、*The Strange Case of Mr. Pelham*——《ペラム氏の奇妙な事件》というのがあって、*EQMM*に出てたな。」

「なんですか、そのI・Q——」

「I・Qは知能指数だ。Eだよ。《エラリイ・クイーンズ・ミステリ・マガジン》の略称だ。この短篇はまだ翻訳されてないようだが、ずっと前にテレヴィの《ヒッチコック劇場》でね。トム・イーウェルっていう、ほら、マリリン・モンロオといっしょに《七年目の浮気》にでた喜劇役者、あれの主演でやってたよ。」

「そのテレヴィは見てませんが、《七年目の浮気》はおぼえてます。でも、モンロオなら、《お熱いのがお好き》のほうが、よかったたな。ジョージ・ラフトってギャング俳優が、好きでしてね、ぼくは。」

「横道にそれちゃいけないよ。ペラム氏というのは、会社の社長なんだ。ある日、クラブで友だちにあって、『しばらくだね。』というと、相手はふしぎそうな顔をしてね。『なにをいうんだ。きのうここであって、いっしょにめしを食ったじゃないか。』という。会社へいくと、秘書も妙な顔をして、『なにかおわすれものですか?』って、つまり、ペラム氏はいま外出したところだ、というんだな。にせものが出やがったてんで、なんとかしてとっつかまえようと、ほんもののペラム氏は躍気になるが、だめなんだね、こいつが。会社じゃ、重要書類にサインをしちゃうし、家じゃ、とっときの酒をのんじゃう、という塩梅《あんばい》なんだ。なんとか敵の裏をかいてやろうてんで、サインの書体を変えてみるが、にせものは驚かない。新しいサインをちゃんとする。それじゃあ服装のほうで、というわけで、ペラム氏は渋ごのみの紳士なんだが、思いきってネクタイを変えてみる。まっ赤だったかな。とにかく派手なやつを買ってしめて、家に電話をかけてみると、にせものがいるんだよ。さっそく飛んでかえってみると、自分にそっくりなのが、出てくるんだな。『お前はにせものだ。』『いや、お前のほうがインチキだ。』とあらそうんだが、なにしろにせもののほうは、いやに落着いてやがってね。召使いに判定をくださせることになる。召使いが区別できないで、目を白黒させてると、にせものがほんもののネクタイをゆびさして、『あれを見ろ。ほんとうのペラム氏が、あんな気ちがいじみたネクタイをしめるはずはない。』という。そのひとことで、ほんもののほうが、にせものと判定されちゃうんだ。こいつは別にトリックはない。ミステリというより、諷刺小説だな。財産とか、地位とか、ひいては個人の存在というような、普通にひとが安心してよりかかっているものね。それが実は、なんと頼りのないものか、ということを表現してるらしい。」

「そういうことなら、いやというほど、実感しましたよ、きょう、ぼくも。」

「そうだろうね。だいぶ前の《クイーン・マガジン》日本語版で、都筑道夫が書いてたのによると、アントニイ・アームストロングはこの短篇を、おなじ題のまま、長篇に書きなおしたらしいんだ。構成もかなりちがってるんだろうな。トリックもあるかも知れない。アメリカでも、イギリスでも、ポケット・ブックになってないんで、残念ながら、ぼくは読んじゃいないがね。まあ、そんなところだなあ。あんがい、こういうスィテュエイションは、すくないねえ。もっとも翻訳の出てるやつと、古本屋で手に入るポケット・ブックを、読みあさってるだけだから、断言はできないが、ことにきみの場合に、ぴったりなのは、ないようだな。」

「あるわよ。」

ベッドから、声が起った。毛布を胸にあてがって、娘が起きなおる。やっぱり《シャウト》で、きみの註文をとりにきた女の子だ。ソフト・ビスケットいろに陽やけした裸の肩と、茶いろの染毛を長く垂らした背中が見える。いっこう、ばつが悪そうにもなく、蜥蜴の腕輪を上膊にした片手をあげて、

「さっきは失礼。」

と、男の子みたいにいう。そのひょうしに、毛布の片はしが落ちる。デリシャスな乳房の、きみの手のひらにはあまりそうなのが、ひとつだけ。ここは陽やけをまぬがれて、秘密兵器みたいに、薔薇いろの乳首をもたげる。けれど、すこしもあわてない。ゆっくり板壁によりかかると、毛布をからだに巻きつけながら、

「あるわよ、よく似たのが。推理小説じゃないけどさ。ほら、いつか、あんたのお友だちが借してくれた科学小説。《時間溶解機》っていったかしら。」

「ああ、ジェリイ・ソウルの *Time Dissolver* か。」

と、猪俣がうなずく。

「あれ、たしか主人公の男が、目をさましてみると、知らない部屋で、知らない女のひとと寝ているのが、はじまりだったたわ。」

「そういう類似品なら、いくらでもあるさ。たいがい、その女が、殺されてるんだ。ジョナサン・ラティマーの *Sinners and Shrouds* ——《罪人たちと屍衣》ってのが、そ

うだな。事件記者が大酒のんで、目をさましてみると、知らないアパートの一室だ。ひとつベッドに、知らない女がいる。裸でね。殺されてるって寸法だ。これはまあ、よく書けてたけどさ。いまじゃあ、こんなありきたりの発端《オープニング》じゃ、出版屋がひきうけないらしいな。四番せんじ、五番せんじはないようだ。」

「ほんとにあったじゃないの、東京で。去年かしら。おととしかしら。新聞記者が、アルサロづとめの女のひとんとこへ泊ったら、あくる朝、女は死んでいたって事件。」

「推理小説は現実よりも、一歩も二歩もすすんでなきゃ、いけないんだよ。だから、こういう出だしをつかうのならば、よっぽどスィテュエイションに工夫を凝らさなけりゃあ。さすがにエヴァン・ハンターが、リチャード・マースティンていう別名で書いた*So Nude, So Dead*ってやつは――なんて訳したらいいかな。《裸で、しかも、死んでいる！》ってとこかな。まあ、まけとけ。こいつも目がさめてみると、いっしょに寝た女が、裸で死んでた口なんだがね。まるきり知らない女じゃない、誘われて部屋へいったのは、おぼえてるんだ。もっとも、女のからだが、魅力だったわけじゃない。つまり、主人公はジャンキイなんだな。」

「なんですか、ジャンキイって？」

きょうめぐりあう連中は、なんでみんな、こう口数が多いんだろう、と思いながら、きみは聞く。

「麻薬中毒患者のことだよ。殺された女もジャンキイでね。『あたしんとこに、ペイがたくさんあるわよ。』てんで、よろこんでついてったわけだ。麻薬をうちっこして、いい気もちんなって寝んねして、目ざめてみると、女は殺されている。ヘロインが五百グラムちかく入った缶は、なくなっている。このままでは、自分が犯人にされてしまう。麻薬もきれかかってくる。売人のところへいこうにも、金がない。ペイがきれれば、頭は働かなくなる。働くうちに、真犯人をさがしださなければならない。このサスペンスを最初にぶつけてるんで、使いふるしの発端《オープニング》がどうやらもつんだ。これが記憶喪失《アムニージア》症だなんてんじゃあ、つまらない。きみは、ほんとに記憶があるんだろうな。」

「西暦千九百三十一年、昭和六年ひつじどし七月十七日、祇園さんの日に神戸で生れて、ことし二十九、姓は浜崎、名は誠治。ちゃんとおぼえてますよ。」

「あの《時間溶解機》の主人公だって、ちゃんとおぼえているのよ。名前や、前の晩にお酒をたくさん飲んだことやなんか。」

と、蜥蜴の女が口をはさむ。

きみはそっちへ顔をむけて、

「起きてみると、別人になってたんですか、その男?」

「そうじゃないんだけど、服なんか見おぼえのないのが、かかってるの。身分証明書がそれに入っていて、しらべてみると、妙な肩書がついてたりしてね。つまり、きのうまでの自分じゃなくなってるのよ。いっしょに泊った女のひとも、知らない顔でしょう。いろいろ、しらべていくとね。記憶にあるきのうってのは、十年ぐらい前だってことがわかるの。」

「ありゃあ、時間溶解機ってやつで、十年間の記憶を消される話だったな。空想科学小説《サイエンス・フィクション》じゃ、いまの事件の参考にはならないぜ。」

　と、猪俣はいう。

「まさか、いまは千九百七十年じゃないでしょう。きょうが昭和三十五年の九月二日なら、ぼくの記憶は完全なわけですよ。」

　と、きみがいう。

「ぼくが考えたのはね。きみはほんとに雨宮毅でさ。それがたまたま記憶喪失症《アムニージア》になって、浜崎誠治として生活してた。ところが、ゆうべの夕立だ。落雷のショックかなんかで、雨宮毅の記憶をとりもどしたんじゃないか、ということなんだよ。だから、記憶はたしかか、と聞いたのさ。」

「でも、それだったらよ。浜崎誠治のほうの記憶が、なくなっちゃうんじゃないかしら。」

と、頭をふって、女がいう。茶いろに染めた髪の毛が、裸の肩へ蜜のようにかかる。

「それに、あの侑子という女が、『いままで、どこにいたんです?』とか、なんとか聞きますよ、それだったら。けさの態度は、まったく自然でした。きのうのつづきとしか、見えませんでしたからね。」

「その侑子という女と、やったのか、きみは。」

「やったって、なにを?」

と、きみは聞きかえす。とたんに女が、男の子みたいに笑った。きみは頭に手をやって、

「ああ、そうか。よくわかりませんが、そういうことは、なかったようです。蒲団はふたり寝られるやつだったけど。ぼくはまん中に寝てたなあ。枕もひとつしか、ありませんでしたよ。」

「どうも、くさいな。」

猪俣は腕を組んだ。

「あんたを浜崎誠治とみとめてくれるべき人物は、四人しかいないわけね?」

女が毛布の下で、両膝を立てた。まるい顎を、その上へのせる。きみがうなずくために、視線をむけると、持ちゃがった毛布のすそから、フランスパンみたいに堅くって柔かそうなお尻が、美しい量感のある影絵になって、わずかに見えた。きみはあわてて、目をそらす。

「ええ、四人きりです。」

「すくなすぎるじゃない。あたし、どうもそこが気になるんだ。交番へいってみる気は、起らなかったの？」

「ほんとにすくなすぎますからね。たったの四人が、ぼくは浜崎誠治じゃないっていう。雨宮毅だっていうやつは、たくさんいるんだから、警察はとりあってくれないでしょうよ。頑張ってみても、気ちがいあつかいされるぐらいでね。」

「両親はなくなったっていったね。神戸には親戚かなんか、いないのかい。友だちでもいいや。それに電報うって、出てきてもらったら？」

と、猪俣がいう。

「親戚はあります。友だちも、ひとりや、ふたりはいますけど……」

「電報はうてないわけが、あるのか。つまり、神戸へ飛んでくことは、なおさら出来ない、というような。」

だ。

「東京へ出てきて、まだ三月だったね。それまで神戸では、会社づとめをしてたんだろう？」

「ええ、まあ。」

と、きみはことばをにごす。そのへんの事情だけは、話の中からはぶいておいたのだ。

猪俣はきみの顔を、じっと大きな目で見つめる。

「会社の金をつかいこんで、女と駈けおちしてきたんだな。」

ぎょっとして、きみは顔をあげる。

「どうしてわかります？」

「わかるさ、そのくらい。推理の初歩だよ。きみはすこし猫背だろ。手を見ると、やわらかそうで、指が長い。しかも、右手の第二指と第三指の第一関節に、顕著な胼胝《へんち》腫《しゅ》が見られる。」

「それをやさしくいうと、どういうことですの、ドクタ・ソーンダイク？」

と、女が聞く。

「ひとさし指のさきに、たこがあるってことだ。中指のはペンだこだな。作家、勤勉な学生、事務系統のサラリーマンなどに見られる特徴だ。ところで、ひとさし指のは、これはソーンダイク博士にも、ホームズにもわかるまい。だが、ぼくならば、ひと目でわかる。パチンコだこだ。」

「あたり前だわ。イギリスにパチンコなんてないもの。」

と、女は笑う。

「よけいなことというな。学生にしては薹《とう》が立ちすぎてるし、作家でもないことは、ひとさし指と親指のさきを、見ればわかる。皮が厚くなった感じで、これは十露盤《そろばん》だこにちがいない。たこができるほど、パチンコをやるひまがあって、ペンだこに十露盤だこと揃えば、事務系統のサラリーマン。それも、会計係と見て、まず間違いはないだろう。そいつが三月前に、女をつれて東京へ出てきた。近所づきあいも避けて、逼《ひっ》塞《そく》してる。事件が起っても、神戸へ連絡したがらない、ときちゃあ、ふつうに会社をやめて、出てきたんじゃないよ、これ。そいでて、金のかかった身なりをしてるんだからな。どうだい、見事な推理だろう。」

「だめよ。このひとが着てるのは、上から下まで、雨宮毅という男のものなんだから、それをわすれちゃあ。」

と、女がいう。

「それに、このパチンコだこは、こっちへ来てから、出来たものですよ。神戸のころは、あんな足の重くなるひまつぶし、やらなかったですね、ほかにすることが、いくらもあったから。」

と、きみもいう。

「いいじゃないか。とにかく、あたったんだから、けちはつけるな。」

猪俣はふくれっ面《つら》だ。けれども、すぐに機嫌をなおして、

「しかし、おもしろいな。そういう事件こそ、私立探偵があつかうべきものだ。」

「そうでしょうか。」

「そうだとも。うかつに警察へ駈けこんでごらん、すぐ逮捕されちゃうぜ、きみは。」

「でも、信用をだいじにする会社でしたからね。警察にとどけてはいないんじゃないか、と思うんです。いえ、なにもそれをあてにして、図太くかまえてるわけじゃ、ありません。なんとかして、金だけは返したい、と思ってるんですが……」

「とどけは出ていなくったって、きみが会社の金をつかいこんだ犯人とわかりゃあ、警察は逮捕するぜ。犯罪は成立してるんだからな。まあ、ぼくにまかしとけよ。」

「猪俣さん、そんなに嚇《おど》かさないで、早く名探偵ぶりを発揮したげなさいよ。発揮できるものならね。」

と、笑いながら、女はいう。

「きみは黙ってろ。徐々に発揮するさ。まだ口あけだから、うまく段どりがつかないんだ。まず、最初に決定しておかなければならない問題はだな。きみが浜崎誠治か、それとも、雨宮毅か、ということだ。」

「浜崎誠治ですよ、ぼくは。」

「まあ、待ちたまえ。ペリイ・メイスンといたしましてはだ。きみが依頼人《クライアント》なんだから、そのいうところを、まずは信用することにしよう。よし、きまった。きみは浜崎誠治である。その立場で、われわれは事件を検討してみることにしよう。」

「そりゃあ、そうしてもらわないと……」

「こんな妙な小屋まで、ついてきた甲斐がないわね。」

「小屋とはなんだ、小屋とは。」

「だって、あたし、物置かと思ったもの、最初。」

「ぼくは屋外便所を連想しました。いなかの外後架《そとごうか》というやつ。」

「勝手なことというね、きみたち。推理の邪魔をしちゃ、困るよ。きみは浜崎誠治である。それを知っている人間が、東京には三人いる。その三人が、とつぜん、きみを知らないといいだした。つまり、きみはその三名によって、浜崎誠治でなくなされたわけだ。そこで考えられるのは、誰かがきみの代りに、浜崎誠治を名のりすまそうと、なさしてるんじゃないかってことだが、いままで聞いたところじゃ、きみに財産は、なさそうだなあ。」

「ありません。」

「死んだらきみに遺産をくれそうな、金持のおじさんかなんか、いないかね。」

「おやじが死んでから、よく面倒を見てくれたおじさんが、芦屋にいますが、だめですよ。男の子がいるから。たしか、ぼくとおない歳《どし》で、ことし盛大に嫁さんをもらったばかりです。おばさんも元気ですしね。」

「ブラジルのおばさんとか、オーストラリアのおじさんとか、なんかないかな。どこかへいって、きみたちがわすれてるような親戚でさ。ひょっとして、大金持になってるかも知れない、というようなのが。」

「満州へわたって、馬賊になったらしい、というおじさんなら、いますがね。これも、だめだな。顔も知らないくらい、遠い親戚だから。」

「すると、きみになりすましてみたところで、損はしても、得はしないわけだ。」

「それに、ぼくになりすますためなら、なにもぼくを、雨宮毅にしてしまわなくても、いいはずですよ。名なしの権兵衛にしてしまっても。」

「そう先走っちゃいけないよ。順をふんで、推理していかなけりゃあ。しかし、きみもなかなか、論理的なことをいうね。大いにそうだよ。きみを浜崎誠治でなくするのが、目的のすべてであれば、雨宮毅にする必要はない。これは論理にかなった考えかただ。したがって、この事件はだね。なぜ目がさめたら、きみは浜崎誠治でなくなっていたか、ということじゃなくて、なぜ目がさめたら、きみは雨宮毅になっていたか、ということを、問題にすべきなんだ。そうだろう？」

「ええ、ぼくもそう思います。」

「あたしも賛成。このひとがなんども、シトロエンに乗った女のひとに、気づいているでしょ。あれは尾行にちがいないわ。このひとを雨宮毅にしておくために、監視をつける必要があったのよ。」

と、女がいう。猪俣はふりかえって、

「わかりきったことじゃないか。そんなことの駄目おしは、あとまわしにしたほうがいい。なぜ雨宮毅にされてしまったのか。その〈なぜ〉が、問題なんだ。とにかく、すこし黙っててもらおうじゃないか。きみはここぞというとこで、『それ、どういうことですの、先生？』って、いうだけでいいんだ。デラ・ストリートみたいに。」

「それ、どういうことですの、先生？」

「よけいな口だしをすると、毛布をひっぺがすぞ、ということだ。」

女はからだを縮めて、毛布をひきよせる。船来の電気ストーヴみたいに、かたちがよくって、あったかそうなお尻は、見えなくなった。猪俣はまた、きみに顔をむける。

「その〈なぜ〉を問題にする場合、きみはほんものの雨宮毅によく似てる、という前提に立って、考えたほうがいいと思うんだが。」

「どうしてですか。」

「ウールリッチやなんか、さっき、いろいろ例をあげたろう？　あれで考えてもわかるように、いくたりかに偽証をさせなけりゃ、ならないわけだ。買収だよ。きみの場合だと、まずきみの奥さん。それから、九号室の夫婦。この三人は嘘をついてる。きみを知っているのに、知らない、といっている。きみが浜崎誠治であり、浜崎誠治であったときと、おんなじ顔をしているならば。そういうことになるだろう？」

「雅子がぼくを裏切るなんて、信じられないけれど、論理的には、そうなりますね。」

「そうだとも。論理的に考えなけりゃいけない。さらに論理的に考えるとだね。現実と小説とはちがうんだから、あまり多人数を買収することは、不可能だよ。もしきみが、ほんものに似ていないならば、やたら買収しなけりゃならない。侑子という女と会社の首脳部を、黒幕と仮定した場合、多島アパートの三人、浜松の兄さん、雨宮商事の社員が二、三十人。まあ、二十人とみつもって、合計二十四人だろ。いなかの選挙じゃないんだから、ひとりあたま一万じゃ、安心はできないぜ。十万やったら、二百四十万だ。それだけの資本があって、また資本を注入しても、ひきあうだけの大犯罪だとしてもさ。安心はできない。大勢の中にゃ、芝居のへたなやつもいるだろう。そのときはどうやらうまくやれたとしても、あとでちょろっと喋られたら、おしまいだ。それを監視するだけの目も、大勢ならばとどかない。」

「そりゃ、そうです。」

「もっとも、さっき話したウールリッチの *All at once, No Alice*――《とつぜん、アリスは消えてしまった》や、死んだ久生十蘭が《女掏摸アリス芸談》で書いたエピソードの、もとになった事件のような場合もある。ある都市で博覧会があってね。それをあてこんで、ホテルがこぞって、増築新装したばっかりのところへ、一軒で客が死んだ。これが、悪質の伝染病でね。公表されれば、とうぜん博覧会は中止。ホテル業者は大損だ。そこで全市のホテルが結束して、死体は始末しちまうし、部屋はあっというまに模様がえ、従業員までとりかえてさ。死人のつれが、見物から帰ったときには、『なにかのお間違いでしょう。あなたさまも、おつれさまというかたも、お泊めしたおぼえはありません。』というわけだ。どのホテルへいっても、知りません、存じません。全市のホテルの利益問題だから、ボーイのはじにいたるまで、偽証するわけだよ。イギリスのアントニイ・ソーンといったかな。これを長篇に書いている。推理小説ファンのエティケットとして、こんなにくわしく、話しちゃいけないんだが、こいつ、トリックの典型みたいになっていてね。《サイコ》のロバート・ブロックが、この典型に、結果としては失敗したが、挑戦しているくらいだから、かまわないだろう。大量共犯の最《さい》たるものだ。」

「ぼくの場合にあてはまるでしょうか、それが?」

「だからさ。きみは雨宮毅にそっくりだ、と推理するわけだよ、ぼくは。雨宮毅の背広きて、社長室から出てくれば、浜松の兄さんでさえ、間違えるほど、よく似ている。とすれば、買収は三人ですむ。思いっきり金もつかえる。三人が一カ所に住んでるんだから、監視するにもわけはない。」

「なるほど、そう考えたほうが、自然ですね。」

「そこで、なぜ買収したか、なぜきみを雨宮毅にしなければならなかったか、という問題になるな。ここでも、やっぱり考えられるのは、きみを替玉にして、雨宮毅の財産をのっとろう、という計画だ。」

「そうかも知れません。ぼくがいちばん妙な気のするところは、金持が貧乏人にされちまったんなら、されるのはいやだけど、話は納得できますよ。けれど、貧乏人が金持にされたんですが、乗っとりの替玉にされたんなら、すじは通りますね。」

「ところが、通らない。替玉にするんだったら、きみの細君よりもまず、きみ自身に話をもちかけるはずだよ。それなら、ひとり買収するだけで、すむんだから。替玉が、おれは雨宮毅じゃないって、うろつきまわってたんじゃ、役に立たないぜ。それに、ほんものが矢来の家へも、会社へも、あらわれないってのが変じゃないか。」

「なにも知らずに、旅行中なのかも知れませんよ。」

「それだったら、雨宮商事の社員がひとりぐらい、『あれ、もう旅行からお帰りですか？』かなんか、いうはずだ。」

「それも、そうだなあ。」

「つまりさ。ぼくの推理によれば、雨宮毅はいないんだな、この世に。」

「というと？」

「死んじまったんだよ。ぼくの推理によれば、自殺したんだ。」

「それ、どういうことですの、先生？」

と、気どった調子で、女がいう。

「まあ、聞きたまえ。」

猪俣は胸をそらす。

「雨宮商事というのは、そんなに大きな会社じゃないらしいな。雨宮個人の財産だって、あるといっても、ぼくらが聞いて卒倒するほどじゃ、ないと思うんだ。だが、生命保険はかなりかけているだろう。なにかの理由で、雨宮毅が自殺したとしたら、どうなる。しかもそれが、保険をかけはじめて、あと三日、四日か一週間で、二年になろうとするところだったら、どうなるね。」

「それ、どういうことですの、先生？」

「生命保険は二年未満だと、自殺じゃもらえないんだ。」

「とすると、ぼくの役目は？」

ひと膝のりだして、きみは聞く。

「まる二年めまで、雨宮毅を生かしておく役さ。あればあるほど、ますますほしくなるのが、金ってやつだ。たとえ財産が莫大で、それがそっくり自分のものになるにしても、たった四日や、五日のことで、みすみす生命保険をふいにするのは、残念でしょうがない。いままで保険金をかけつづけてきただけに、なおさらだ。女ってやつは、勘定だかいものだからね。」

「すると、侑子という女が、犯人ですか。」

「ほかに考えられないな。生命保険の契約には、指紋をとられるわけじゃない。顔が似ていればいいわけだ。一週間やそこら、どうにだってごまかせる。多少、変なところがあったって、あとで死んだということになりゃあ、道理で影がうすかった、とかなんとか、ひとがいいように解釈してくれるよ。」

「でも、自殺だと全額はもらえないんじゃないですか。」

「だから、きみは殺されるんだ。」

「そりゃあ、ひどい。」

「ひどくったって、しかたがないよ。女は自分の利益のためなら、どんなことでもする動物だからな。」

「だんだん論理的でなくなってきたわ。」

と、だしぬけに女がいう。猪俣はふりかえって、

「どうだろね、このわからなさかげん。黙ってろ、といったはずだぜ。よけいな口だしすると――」

「毛布ひっぺがす、というんでしょ。さっきはあわてたけど、よく考えてみたら、あたしは平気なんだ。このひとが恥ずかしがるか、よろこぶかするだけよ。」

「うるさい。」

いきなり猪俣の手がのびる。さっと毛布が、風をはらんで床に落ちる。とたんに女は、両足をのばす。片手で枕をひきよせて、腿の上においた。枕の白いカヴァーの上に、向待《むこうまち》のみで丁寧にえぐったような、小さくしまった臍《へそ》が見える。

「そんなに怒らないで、すこし聞いてよ、メイスンさん。論理的でないというのはね。それだけのためなら、なにもこんな手のこんだこと、する必要ないでしょう。雨宮毅の死体を、自殺じゃなく見せかける工夫さえすれば、それだけでいいんじゃないの。万一ばれたときにだって、罪が軽いわ。あんたのいうとおりだと、死体遺棄罪と殺人罪と、ふたつ犯すことになるのよ。」

「死体がどうしても、他殺に見せかけられないような状態だったら、どうなんだ。」

と、猪俣も負けていない。

「自殺に見せかけられない他殺死体は、多いかも知れないけど、他殺に見せかけられない自殺死体ってのは、少いんじゃない。もしそういう死体だったとしてもよ。さっきあんたがいったような矛盾が、やっぱり出てくると思うな、あたし。三人も買収することないじゃない。このひと、口説けばいいんだよ。あと三、四日だか、一週間だか、とにかく贅沢なくらしをさせてやって、おまけに五十万、お礼をだすから、とかなんとかいってさ。だましておいて、殺してしまえば、一銭もかからないじゃない。それに犯人が女なら、うかつに買収すると、あとでゆすられるかも知れないってこと、いちおう考えるはずだわ。」

「そうとばかりは、いえないさ。侑子というのは鬼神《きじん》のお松か、妲己《だっき》のお百みたいに、大胆不敵な女かも知れない。」

「かも知れないわね。あたしたち、侑子ってひとを、ぜんぜん知らないんだから、なんともいえないわ。だから、推理はこのひとを中心に、すすめるべきだと思うの。さっきから聞いてると、そういっちゃあ悪いけど、このひと、積極性がないわ。《ラグタイム》でも、手がかりがつかめなかったら、雨宮毅になってしまうのも悪くないなんていってるでしょ。ずるずると会社のお金をつかいこんで、しかも、雅子さんと東京へ逃げてきたときには、大してお金の用意が、なかったっていうような性格。それと、東京には三人しか、浜崎誠治を認識する人間がいない。証明してもらいに神戸へも帰れない。警察へも、うかつには駈けこめないっていう状態。この性格と状態をフルに活用して、犯人はこの事件を組立てたんじゃないかしら。」

「うん、その考えかたは悪くないな。」

と、猪俣はだいぶ譲歩して、

「けれど、そう推理していくと、犯人は彼の細君か、兄さんてことになるぜ。」

「うん、このひとは気を悪くするかも知れないけどね。どうも、そういうことになりそうだわ。」

「ぼくには、とても考えられませんよ、そんなこと。」

と、きみは首をふる。

「雅子は単純な女です。ぼくの無気力に愛想がつきたとしても、こんな手のこんだことは考えませんよ。兄貴だって、おやじが死んでから、ひところぐれて、やくざとつきあったりしたことはあるけど、それだけに義理がたくって——ぼくが東京へ出てくるときにも、ずいぶん親身になってくれました。」

「あんたの身の上に、きょう起ったことは、ちょっと考えると、とんでもなく不自然だわ。でも、あんたを雨宮毅にしてしまうには、いちばん自然なやりかたかも知れないのね、あんたの性格を計算に入れてみると。だから、その性格を知りつくしてるひとの、たくらみじゃないか、と思うのよ。」

「しかし、動機という大問題がある。」

と、猪俣が割って入る。

「動機の推理は、あたしには出来ないわ。データが不足よ。ほんとの事件は、まだ起ってないんじゃないのかな。いまは、準備期間みたいな気がするの。犯人がわのね。雨宮毅のほうが、いごこちがよさそうだから、いっそあぐらをかいちまえって気に、このひとがなるのを、待ってるんじゃない?」

「とすると、名探偵の役目は、事件の起るのを阻止することだな。」

と、猪俣がいう。女は大きな乳房を、両手でかかえこみながら、

「そうかも知れないわ。これ、ぜんぜん論理的じゃないけど、こういう想像できない? このひとの兄さんて、やくざ的な義理人情を重んじる人物らしいわね——」

「ええ、『浜松生れの小政にあやかって、ひと肌ぬぐか。』なんて調子ですから。」

と、きみはいう。

「弁天小僧も、たしか浜松生れだったな。」

と、猪俣がいう。きみは首をかしげて、

「そうですか? 初耳だな。」

「弁天小僧ってのは、きみ、ゆすりにいった先の浜松屋の、実は息子だったたってことが、狂言のしまいのほうで、わかるんだよ。浜松屋のあるじってのは、浜松出身だから、屋号もそうなってる。昔、生きわかれになったその息子なんだから、出生地は浜松とみていいんだ。日本駄右衛門とまちがえた、と思ったんだろう、きみは? ぼく

の知識は、洋だけで和漢ないのとはちがうんだから――念のためにいうけど、いまのはシャレだぞ。」

と、猪俣はやぶれかぶれみたいに、不服をいった。

女は、じれったそうに、

「そんなこと、関係ないわよ。だからさ。お兄さん、雨宮毅に義理があって、ひと肌ぬいだんじゃないかしら。国際的な地下組織かなんかに、雨宮は命を狙われてる。香港あたりから、腕ききの殺し屋がやってきて、どうしても逃げられない。そこで、このひとを身代りに……」

「話がすごくなってきたね。黒づくめの殺し屋が、キャセイ航空の旅客機かなんかから、宵闇の羽田空港におりたつわけだな。手持機関銃《シカゴ・ピアノ》の入ったコントラバスのケースをさげてさ。ダン・デュリエみたいに、カンカン帽かぶって。」

と、顔をしかめて、猪俣がいう。

「ダン・デュリエか。《飾り窓の女》はよかったですね。あのあと西部劇の悪役しかないんで、残念だけど、殺し屋スタイルじゃあ、あれと《殺られる》のフィリップ・クレイに、とどめをさしますよ。」

と、きみはいう。そんなのんきなことを、いっていられるときではなかろうに。どうもきみは、雰囲気に巻きこまれやすくて、いけない。

「へえ、話せるな。きみは映画マニアなのかい？」

「好きですね。こっちへ来てからは、あまり見ませんけれど。」

「また！　そんな脱線してるときじゃないでしょ。あたしの想像は、現実ばなれしてるか知れないけどさ。どんなことが起るか、わかんないのよ、これから。」

「そりゃそうだ。エリック・アンブラーも書いてるね。平凡な人間は、自分たちの生活の枠の中のことしか、信じないって。しかし、いまのきみの推理は、ぜんぜん論理的でないな。」

と、猪俣が判定をくだす。

「推理じゃなくて、想像よ。いちばん論理的でなくって、気になるのは、このひとの性格と状態にくわえて、雨宮毅に瓜ふたつ、という偶然が重なってることなの。このひとは雨宮毅に似てなくてもいい、という条件、成りたたないかしら。」

「成りたたないね。きみのいうとおり、浜崎紘太郎が主謀者だとしてだ。侑子夫人も、関谷専務も、平野という秘書も、共犯だと考えてもさ。雨宮商事の社員二、三十人というものがある。それをわすれちゃいけないな。まさか社員もぜんぶ、共犯だっていう気じゃないだろう。」

「社長室の写真も、たしかにぼくそっくりでしたよ。」

「そんなの、合成写真で、どうにでもなるわ。」

と、女は首をふってから、猪俣の肩に手をのばして、

「ほら、いつか、あんただったかな。それとも、あんたの知ってる写真家のひとだったかしら。」

「立木義浩《たつきよしひろ》かい。」

「アンドレ・ディーンズが撮ったヌード写真を、見せてくれたじゃない。すぐむこうに漁師かなんかいる波うちぎわで、裸婦《ヌード》のねてるのがあったわ。ぜんぜん、そうは見えないけど、あれ合成でしょう。あれだけのことが出来るんだから――」

「ありゃあ、ぼくが見せたんだ。雑誌だったかな。ひとに借りた写真集だったかな。」

猪俣はきみに尻をむけて、ベッドの下から、カメラ雑誌をひっぱりだしながら、

「立木が《シャウト》に持ってきて、見せてくれたのは、フィリップ・ハルスマンの《ダリの髭》って写真集だよ。あれにも、あっというような合成があったな。いまはテクニックが、進歩してるからね。いつか、桑野みゆきかなんかの写真を持ってきて、黒点つきのヌードだって、自慢してたやつがいたじゃないか。顔だけ、すげたんだって、ぼくが教えてやったら、がっかりしてたろう？　あれもなかなか、うまく出来て

た。エロ写真屋にだって、腕のあるのがいるんだから、記念写真なんか、たしかにどうにもつくれるが……」

猪俣は《アサヒカメラ》の古いのを、ぺかぺかめくっていたが、急に膝の上へページをひろげて、

「ディーンズのヌードは見つからないけど、妙なものが目についたぜ。」

「なんです？」

「秘書の平野っていうのは、雪彦という名前で、家は横浜じゃないのか。」

「さあ、知りません。どうしてです？」

「これ、ことしの三月号だがね。ここを見たまえ。」

さしだしたページの右肩に、〈月例第一部入選作品〉としてある。一等に選ばれているのは、透明な酒壜ごしに、シェーカーをふる若いバーテンダーを撮った写真だ。《壜の中の青春》という題で、作者は横浜の平野雪彦となっている。

「これも、かなり手がこんでるよ。シェーカーのブレが、普通じゃこんなに出ないだろう。壜をべつに撮って、合成したらしいな。なかなか、うまい。この平野雪彦が、社長秘書だとすれば、写真の問題は解決するぜ。」

「そうですね。」

「しかし、残りの社員の問題がある以上、女探偵の仮説は成りたたないな。」

「やっぱり、ぼくは雨宮毅にそっくりなんだと思います。けさ、前の家の細君があいさつしたくらいだから。」

「待った。そいつは証拠にならない。前の家の細君だと、きみが思いこんだだけだからな。あらかじめ配置されたトハかも知れない。」

「トハ?」

「野師《やし》の隠語だよ。もうすこし、わかりやすくいえば、サクラだ。」

「すると、雨宮商事の社員ぜんぶ、臨時にかりあつめたサクラだってことも、考えられませんか。ことによると、八重洲口のあのビルに、雨宮商事という会社があったのも、きょうだけのことか、知れませんよ。」

「それは考えすぎだろう。ぜんぶを買収するのとおなじことだ。危険《リスク》が多すぎる。こんなに周到な用意をしてる犯人が、そんなに共犯をふやすはずないよ。」

「それもそうですね。けれど、ぼくはあの女、前の家の細君だとばかり、思いこんでましたよ。なにしろ、はじめて見る顔だから——あっ!」

　と、思わずきみは口走る。

「どうしたんだ?」

「なによ、大きな声だして？」

猪俣と女が、同時に聞いた。

「いま気がついたんです。あんなごてごて飾りのついためがねがあったんで、まどわされたんですね。シトロエンの女は、どうもどこかで見た顔だと思ったら、前の家の細君ですよ。」

「それで、あたしの仮説、だいぶ分がよくなってきたわ。でも、いまのところ推理できるのは、このへんまでじゃないかしら。あとは行動に待つべきよ。」

「そうだな。そろそろ《ラグタイム》へ、出かけるか。」

猪俣はカメラ雑誌を、ベッドの下へおしこんだ。

「おねがいします。つれてってください。」

「あたしもいくわ。」

膝から枕をすべりおとして、女は立ちあがる。一瞬、黒い二等辺三角形の残像をわずかに残して、きみに背をむける。枕もとに畳んだ下着へ、手をのばした。

「女はだめだ。」

と、猪俣がいう。

「どうしてよ。」

「酒場の女から、手がかりを聞きだそうというんだぜ。女がいちゃあ、思うように相手の口を、ほぐせないよ。」

「意地わる。」

「その代り、もう帰ってもいい。またあした、あおうや。」

「おかげで処女を失わないですんだわ。」

「まだだったんですか、あなたがた？」

きみは口をすべらした。とたんに、猪俣が笑いだす。女もいっしょになって、坊やみたいに笑いだした。

「まだはよかったな。まだだ。まだだ。きみと駅前であうすこし前に、いっしょに《シャウト》から帰ってきたのさ。逃げださないように、裸にしておいて、林檎がたべたいっていうから、買いに出たとこだったんだよ。」

8:50 p.m.

「いいんですか、あのひと、帰しちゃっても？」

中野駅のフォームにあがる階段へ、スラックスの長い足が消える。それを改札口から見おくって、きみは聞いた。

「かまわないさ。口説くことはまた出来るが、こんな事件にゃ、めったにぶつかれないからな。」

と、猪俣はモヒカン頭をふって、

「あの子はね。推理小説が好きで、それも、ああいうとこにつとめてる子にしちゃ珍しく、本格派だというもんだから、さそってみただけなんだ。口じゃあ崩れたようなこといって、裸になるのも平気そうな顔してたけど、なったとたん、蛍光灯を嚥みこんだみたいに、全身、さあっと紅《あか》くなってね。モデルに使って、ハンス・エルニばりの裸婦をかきたくなったくらい、美しかったな。でも、それでこいつ、ほんとに処女《ヴァージン》かも知れないって気がしてきて、ちょっと、もてあつかってたとこだったんだ。だから、かまわないんだよ。」

「頭のいいひとですね。」

「うん。推理小説が好きだっていったって、たかが知れてる、と思ってたけど、なかなか論理的なこと、いうな。きみの性格が、犯人の計画の大きなエレメントになってるんじゃないかって考えかたなんか、感心したよ。つけあがると困るから、さっきは黙ってたけれど。」

「おふたりに相談して、よかったと思いますよ。おかげで、いろんなことが、わかってきた。」

「まだまだだ。可能性がいくつも出されただけだよ。これから、裏づけになるものをさがすんだ。可能性だけじゃ、範囲がひろすぎる。たとえばレオナルド・ダ・ヴィンチの《モナ・リザ》ね。あの微笑の謎——フランチェスコ・デル・ジョコンド夫人は、なぜ、ああも神秘な微笑をたたえているか、という推測には、喉に腫《は》れものが出来ていたんだ、という突飛な説まであるんだぜ。これはアメリカの咽喉科の医者が、ニューヨークの学会で、ことし発表したことだがね。その医者は、原因不明の腫れものが喉にできた患者を、いくたりも手がけたんだそうだが、患者の苦痛をうったえる表情が、ちょっと見ると、たいへん神秘な微笑でさ。《モナ・リザ》そっくりなんだそうだ。だから、あるいはジォコンド夫人も、というわけだが、たしかに可能性はあるにちがいない。しかし、時間旅行機《タイム・マシン》でもつくらなきゃ、たしかめることは出来ない。ぼくらの場合は、たしかめることが、出来るんだからね。可能性をつきつめていこうじゃないか。」

きみたちは架道橋をくぐりぬけて、北口の駅前広場へ出た。ここにもバスの停留所が、散在している。だが、待つひとはもうそれほどに、多くはない。けれど、もちろん、まっ正面に見える狭い商店街の入り口には、賑かそうに灯がまだともって、パチンコ屋からだろう、小林旭のズンドコ節が、ずん、ずーんと聞えてくる。広場の右はしに、かなり大きな公衆便所がある。街頭テレヴィのセットと、公衆電話のボックスを、背中にしょったようなかたちだ。電話ボックスの前に立つと、広場のはしには、北口商店街と平行に、細い露地のあることがわかる。露地口には、映画の立看板があった。芥川比呂志の傘の下に、結ったばかりの大きな潰《つぶ》し島田をつっこんで「檀那、そこまで入れてってよ。」と、片手に浴衣《ゆかた》の裾を思うさま、まくりあげた山本富士子の着色写真。荷風に似た枯れた毛筆体で、《濹東綺譚》と肩に印刷してある。そのわきの板壁には〈男子水上八百リレー、日本世界新で二位〉と、なぐり書きした新聞社のローマ・オリンピック第七日の速報が、貼りつけてある。露地の中には色電灯も華かに、酒場や飲み屋が並んでいるらしい。

「この中だ。」

猪俣はさきに立って、入っていく。ここも駅前にはちがいない。露地がくねくね曲ろうとする右がわに、細長い行灯《あんどん》がたのネオン看板が、セロファン加工で菫《すみれ》いろにしたガラス板に、RAGTIMEと白ぬき文字を光らしている。ドアは敷目板張の横羽目ふうで、**らぐたいむ**と厚みのある切りぬき文字が、打ちつけてある。ただし、らの字の点が欠けておちていた。

「ここだよ。きみがさきに入ったほうがいいな。このへんじゃあ、一度きた客にゃ、女のほうから飛びついてくるから。おっとその前に、ぼくに金をすこし渡しとけよ。女たちに喋らせるには、潤滑油が必要だ。」

と、猪俣がいう。その手に紙幣をつかませてから、きみは両手でドアをおす。とたんに手くびを、ねばっこい指につかまれた。きみは中へひきずりこまれる。

「いらっしゃあい。お待ちしてたのよ。」

ぎょっとして、きみは立ちすくむ。手くびをつかんで、マシマロみたいに笑っているのは、ナイティとかいうやつだろう。膝までのナイロン製ネグリジェに、赤いブラジァとパンティを透かした若い女。小ぶとりの肉づきが、ビニールのキュウピイ人形を思わせる。

「またあした来るなんて、いったかな、ぼくは？」

と、きみがいうと、女は大きな口で笑って、

「あら、ゆうべもいらしたの。あたし、ドアの隙間から、のぞいてたんだけど、なかなか入ってこないでしょ。だから、お待ちしてたって、いったのよ。おふたりね。二階へおあがりになる？」

そこへ奥から三、四人、やはり膝までのネグリジェに、肌をあらかたのぞかしたのが、走るように出てきた。

「まあ、社長さん。ゆうべはご馳走さま。こんやもおふたり？　二階へいらっしゃるでしょう。二階のほうが――」

と、いったのは、鎖骨のさきにネグリジェをぶらさげたような瘠せた女だ。背はきみとおなじくらい、高い。

「二階のほうが、しみじみと話が出来るか。」

と、猪俣がいう。

「そうよ、しみじみとね。肩と肩とを寄せあって。」

女はきみを、狭い階段のほうへ、おしていく。この飴細工の狐みたいな顔に、きみは見おぼえがあるような、ないような、どうもはっきりわからない。

「よし、ゆうべ、社長のテーブルについたひとは、みんな来てくれ。飲みものはビールだ。ダース箱でかつぎあげても、かまわないぜ。」

はしゃいだ声で、猪俣はいうと、さきに立って軋む階段をあがる。瘠せた女は、きみの背中をおしあげて、あとにつづきながら、

「咲ちゃんと、三重ちゃんは、いたわね。それから、マリちゃんだったっけ。」

と、ひとりうなずかない女を、ふりかえって、

「あんた、マリちゃんに、おビール、持ってくるように、いってよ。」

「女の子の名前に、記憶はないかい？」

と、猪俣がささやく。

「ないですね。けれど……」

階段の欄杆のいちばん上の、キャベツみたいな飾りに手をかけて、きみは見まわす。

二階は狭く、薄暗く天井も低い。ボックスは五つほど、椅子も低い。パスレフ型のコーナー・スピーカーを通して、松尾和子のレコードが、低い声で歌っている。だが、

誰ひとり聞いているものはない。

「ここには、なんとなく、見おぼえがあるような気がします。」

「ていねいな言葉づかいは、よしたほうがいいぜ。」

と、きみの耳に口をよせてから、猪俣は瘠せた背の高いのを、ふりかえる。

「ゆうべの通りに、すわってもらいたいんだがね。」

「このボックスにすわったんじゃないかな、ぼくは。」

コーナー・スピーカーとは反対がわを、きみはゆびさす。曇ガラスの窓が、はめ殺しになっている隅の、いちばん椅子の長いボックスだ。

「そうよ。三重ちゃんが窓ぎわで、まん中が社長さんだったわ。」

と、瘠せた女がいう。三重ちゃんという、髪の長い女のとなりに、きみは腰をおろす。天鵞絨《びろうど》まがいの張布はけば立って、スプリングもあまりきかない。

「おむかいの窓ぎわが、あたしだったね。」

咲ちゃんと呼ばれた女が、前にまわる。三人の中では、いちばん立派なバストをしている。瘠せた女はうなずいて、

「そう。まん中が副社長さんだったわ。」

「副社長？　ぼくのつれが、そういったのかい？」

「だって、おたくが社長さんでしょう。だから、おつれは副社長さん。」

「その代理を、ぼくがつとめよう。」

猪俣が、きみの前にすわった。

「はじっこは、加代子ねえさんよ。」

と、三重ちゃんがいう。鎖骨の浮いた肩をすくめて、猪俣のとなりに、ねえさん株の女がすわる。盆の上にビール壜を立てて、小柄な女が、階段をあがってきた。血色のいい円顔で、鼻がやや天井をむいている。だが、ひとえ目蓋の大きな目は、驚いてるみたいで、かわいらしい。年もいちばん、若いのだろう。

「このひとが、マリちゃんか。」

と、猪俣はいう。

「このひとの顔には、見おぼえがある。」

と、きみがいう。

「あたしもおぼえてるわ。いつマリコを秘書にやとってくれるの、社長さん？」

と、笑いながら、肘の笑くぼを見せて、テーブルに盆をおく。ねえさん株がその上から、片手に栓ぬき、片手にビール壜の喉をつかんで、

「あとの三人は、わすれられて悲しいわ。やけ酒でも、飲まなくちゃあ。」

「飲め、飲め。きみたちのグラスがないぞ。気をきかして、最初から持ってくるもんだよ。ねえ、社長。」

「それじゃ、あんまり厚かましいわねえ、おねえさん。」

「いいわよ。お体裁をつくったって、しょうがない。グラスはあたしが持ってくるわ。マリちゃんはおすわんなさい。社長さんがお待ちかね。」

「すいません。それじゃ、練馬大根を陳列するか。」

ネグリジェの裾をたくしあげると、なるほど幅のある、だが、なめらかに張りきった太腿を、ぐいっときみに押しつけて、マリコがすわる。

「このひとがマリちゃんだってことは、すぐわかるな。マリみたいな胸をしている。」

と、猪俣はとなりの女の胸に手をのばして、

「咲ちゃんと、どっちが大きい？」

「あら、いやだ。男のひとって、みんなおっぱいに目をつけるのね。だから——」

男なんか、嫌い嫌い嫌い、とスピーカーから、松尾和子がいった。マリコが吹きだす。髪の長い三重ちゃんは手をたたいて、

「困ったレコードだわね。ちょうどいいような、悪いような。」

「あたし、だから、社長さんは、顔をわすれちゃったんでしょうって、いおうとした

のよ。レコード、換えてもらいましょうよ。《東京ナイト・クラブ》がいいわ。」

「おねえさん、《東京ナイト・クラブ》かけてもらって。」

と、マリコがふたつのグラスに、ビールをつぎわけながら、階段の下へ声を張る。

「嫌われると困るから、もう目はつけないよ。でも、ぼくには四つ、目があるからな。」

猪俣は天井を見あげながら、片手でポロシャツの胸を押える。

「このあけっぱなしの目が、どこをにらんでいるか、わかるか。そこだぞ。」

と、片手でマリコの腿のあいだをゆびさして、

「パンティがほころびてる。」

「いやだあ。」

嬌声をあげて、マリコは下腹に両手を重ねる。

「飲まないうちに、笑い上戸？」

と、加代子があがってきて、グラスを並べはじめた。咲ちゃんは猪俣の膝をゆすぶって、

「おねえさん、こちら、とってもおもしろいのよ。頭が――」

「おもしろいだけじゃなくか。そうさ。ヌーベル・ヴァーグの幇間《たいこもち》だ。よいしょ。」

猪俣は平手でおでこを、ぴしゃりと叩く。

「あら、頭がいいからって、いおうとしたのに。」

「副社長さんより、おもしろい？」

と、となりにすわった加代子の手に、猪俣は聖徳太子が見えるように、千円紙幣を押しこんで、

「その副社長のことなんだがね。これはお湿《しめ》り。あとで四人でわけてくれ。」

加代子がネグリジェを胸までまくりあげて、ブラジァの下に紙幣をしまう。たちまち、四人の声がそろった。

「すみません。」

「きみたち、副社長をおぼえているかい？」

「おぼえてるわ。」

「社長はおぼえていないんだよ。」

「だって――」

「ほんとに、どこかの副社長かも知れないが、社長のところの副社長じゃないんだ。」

「実はゆうべ新宿で、はじめてあったひとなんだ。」

ビールに軽く口をつけてから、きみがいう。

「ちょっとわけがあって、思いだしたいんだよ。名刺をもらったはずなんだが、なくしちまってね。」

「商売の役に、立ちそうなんだよ。名前は聞かなかったかい？」

と、いってから、猪俣は酒量に自信があるのか、四杯めのビールを一気に飲みほす。

「うかがわなかったわ。おビール、からよ。お持ちしますか？」

と、加代子が壜をまとめて、床へおろす。マリコが立ちあがろうとすると、咲ちゃんが腰を浮かして、

「いいわ。《東京ナイト・クラブ》を催促がてら、あたしがとってくる。おねえさん、入れかわりましょうよ。」

しなだれかかるように、猪俣の両肩につかまると、ぺたりと腿にまたがって、加代子が立ちあがるのを待つ。

「挑発するなよ。社長さんがうらやましがる。」

と、猪俣がいったとたんに、しばらく黙りこんでいたスピーカーが、催促するまでもなく、鳴りだした。フランク永井の甘い声。

「だいじょうぶ。マリちゃんだって、まけてないわ。」

もっと抱いて、と松尾和子が歌いきると同時に、ちょうどグラスをおいたマリコが、

「もっと抱いて。」

真に迫った声でいって、きみの腿をぎゅっとつかむ。

「もう夜も遅い。」

と、三重ちゃんが長い髪をゆすって、フランク永井と合唱する。

「まだ早い。夜も早いし、抱くのも早い。」

と、猪俣は大きく手をふって、

「副社長はどんな顔をしてた？」

「どんな顔っていわれても、うまく説明できないものね。社長さんが寝ているあいだ、ずいぶんお喋りしてたんだけど。」

と、加代子がいう。

「社長は寝てたのかい？」

「あたしの肩を枕にね。寝たっきりじゃなかったけど。おぼえてる？」

オードヴルの平皿から、オイル漬のウインナを小楊枝にとって、きみの口へはこびながら、マリコがいう。

「ふとってるから、枕にちょうどいいって、失礼ないいかたしたこと。」

「そうだったかな。」

「それじゃ、副社長は背が高かったかい？」

「おねえさんと、おなじぐらいあったわ。ねえ、三重ちゃん？」

「そうね。瘠せてはいなかったけど。」

「悪かったわね。骨っぽくて。」

「あら、そんなつもりじゃないのよ。いやだわ。」

「怒るな。怒るな。」

と、猪俣がとなりの肩を叩いて、

「瘠せた女は色っぽいってんで、男にはよろこばれるんだぜ。」

「まあ、よかった。それじゃあ、ぐっと悩ましくなろうかしら。」

「どうしたの？　いい話らしいわね。」

と、もどってきた咲ちゃんが、腰をおろしながら、

「あたしだけ、みそっかすなんて、ひどいわよ。」

「いっしょに思い出してくれ。副社長の顔なんだがねえ。誰か映画俳優にでも、似てなかったかい。落語家でもいいぜ。」

「そうね。加東大介ってとこかな。ねえ、おねえさん？」

「それより、佐分利信のタイプじゃない？」

「佐分利じゃ、すこし渋すぎるわ。よく映画に出る新劇の役者、なんていったかなあ。」

「誰よ、三重ちゃん？」

と、マリコがいう。

「よし、それじゃ、賞金を出そう。」

猪俣は、千円紙幣をひらひらさせた。

「くわしく思い出してくれたひとに、髯《ひげ》のはえた万人の恋人をさしあげる。お加代さん、すまないが、下にいるひとにも聞いてみてくれないか。」

うなずいて、加代子は階段をおりていく。

はめ殺しの下で、突拍子もない声がした。

「いも。いも。いも。いも。いも！」

「また来たわ。」

と、三重ちゃんが胸をおさえて笑う。

「なんだい、ありゃあ？」

きみが聞くと、マリコも笑いながら、

「石焼芋よ。」

う?」

「もう焼芋屋が歩いているのかい? リアカアに釜をのっけてひっぱってるやつだろ
と、猪俣がいう。マリコは、こっくりして、

「すこし早すぎるわね。だから、売れないらしくて、さっきは『芋だよ。芋だ。芋だ。』なんて、呶鳴《どな》ってたわ。」

「このたびは、一段とやけになってござるわけだな。」

「芋ったら、いも。芋だよ。いも!」

張りあげる声が、こんどはすこし離れて聞える。

「買わないか、誰も。いもいもしいぞ。いも!」

「こいつはいいや。」

と、猪俣は大よろこびで、

「どんなやつか見たいが、この窓はあかないんだね。残念だな。」

階段にふた組の足音が聞える。ふりかえってみると、加代子のうしろに、もうひとつ女の顔があった。もちろん、きみに見おぼえはない。

「賞金は、このひとのものだわ。名前まで、知ってるんですって。」

と、いいながら、加代子は階段の横においてあるオットマン・ストゥールを、ひき

ずってきた。

「あら、おねえさん、すみません。」

と、女がそれへすわる。

「名前も知ってるのかい。きみはゆうべ、このテーブルについたわけじゃないんだろう？」

猪俣は聞いた。

「ええ、下のお客さんのお相手をしてたんです。だから、お見えになったときは気がつかなかったんですけど、お帰りのとき、顔をみて――」

「つまり、前から知ってたわけだ？」

「ええ。ここでは初めてですけど。」

「なんというひと？」

「関谷さん。商事会社の専務さんですわ。」

はっとして、きみは問いつめる。

「会社の名前は？」

「雨宮商事といったかしら。たしか八重洲口にある……」

「ほんとうかい？　思いちがいじゃないだろうな？」

「あたし、去年まで銀座のお店に出てたんです。」

顔を伏せて、女はいう。乳房や尻は垂れぎみで、からだの線は崩れている。だが、顔立ちや化粧のしかたは、ほかの四人にくらべると、たしかに洗練されているようだ。

「関谷さん、そこへよくお見えになりましたの。見まちがえるはず、ありませんわ。あたし、なんとなく恥ずかしくて、ゆうべはご挨拶しませんでしたけど。」

「よし、わかった。賞金はきみのものだ。」

猪俣は、千円紙幣をさしだしながら、立ちあがる。

「本懐は達した。社長、ひきあげよう。お加代さん、勘定してくれ。」

その手に、咲ちゃんがぶらさがって、

「あら、もう帰っちゃうの。」

「そんなのいやよ、ラストまで。」

マリコはさっきの歌の文句で、鼻を鳴らしながら、きみの肩にからみつく。

「また来るよ。」

暖かくねばりつく、搗《つ》きたての餅みたいなからだを、もてあましながら、きみも立ちあがった。

五人の声に送られて、外へ出る。露地の奥へさきに立って歩きだしながら、猪俣は

きみをふりかえって、

「一歩、真実に近づいたぞ。金をつかった甲斐はあったな。もっとも、《ラグタイム》のマッチは、関谷専務のポケットから飛びだしたんだから、予期できたことかも知れないが。」

「でも、関谷はどうして、ぼくと飲んだことを黙っていたんでしょう。」

「関谷が犯人か、犯人のひとりだという証拠だよ、それが。《美春》を出てから、関谷はおそらく、ふだん足踏みしたことのない、趣味のよくないバアばかり、きみをひっぱりまわしたんだろう。《ラグタイム》に知ってる子がいるなんて、夢にも思わなかったにちがいない。こりゃあ、犯人の失策《エラー》だよ。失策《エラー》がひとつでも見つかれば、こっちのもんだ。」

「しかし、ぼくはよっぽど、どうかしてたんですね。普通なら関谷の顔を見たとたんに、思い出さなきゃいけないはずですよ。ああ、ゆうべ、いっしょに飲んだのは、こいつだって。」

きみたちは小さな映画館の前をとおって、狭い北口商店街へ出た。

「ぼくの推理は、やっぱりきみが、ほんものの雨宮とよく似てる、*spitting image*《うりふたつ》ってやつだ、という方向に傾くな。ほんものの雨宮毅と関谷専務。どっちが正犯で、どっちが従犯か知らないが、このふたりのたくらみで、買収されたのは、多島アパートの三人だけ。きみの兄さんも、侑子夫人も、だまされているんだ、という仮説が成りたちそうだぜ。」

「犯人の目的はなんですか、その場合。」

「つまり、《完全殺人事件》さ。」

「なんです、その……」

「クリストファ・ブッシュという、イギリスの作家が書いた推理小説だ。替玉をつかってアリバイをつくる話さ。きみがその替玉じゃないか、というのが、仮説の出発点でね。きみはきょう一日、うろつきまわって、結局なにもわからない。きみを迎えてくれる唯一の場所へ、しかたないから、帰るだろう。矢来の雨宮邸だ。あしたになれば、しかたがないから、会社へいく。知らずに、雨宮毅のアリバイをつくっていくわけだ。そのあいだに、ほんもののほうは、どこかで誰かを殺してしまう。」

「そのあとは、どうなるんです?」

「もとに戻すだけさ。ある日、きみが雨宮邸へ帰ってくると、門前でほんものが待っている。『ここはおれの家だ。』『いや、おれの家だ。』『それじゃ、交番へいって黒白をつけよう。』きみは警察へはいきたくない。途方にくれて、多島アパートに帰ると、雅子さんが大よろこびで迎える。『どこへいってたの、あんた。ずいぶん心配したのよ。』これでおしまいさ。一時的な記憶喪失症《アムニージア》にでもなった気で、やがてわすれてしまうだろう。きみの性格と状態を、犯人がフルに活用しているという点でも、この仮説は重要視していいと思うな。」

「その代り、すこし想像力過剰じゃありませんか。ぼくはこれまで、雨宮毅となんの関係もなかった。会社とか、同業者組合とかの組織の中の、いわば線につながった人間でもない。ひとつの点として、この大都会にまぎれこんでいたんです。どうして雨宮毅に、そのひとつの点を、さがしだすことが出来たんでしょう。」

「いいぞ。いいぞ。きみもだいぶ推理的なもののいいかたを、するようになってきたな。しかし、きみだって完全な点じゃない。点は連続すれば線になる。きみと雨宮毅を連続させるのは、浜崎紘太郎という点だ。」

「それだと、兄貴も共犯だということになりゃしませんか。ぼくと雨宮の相似性を知ってるはずだから、もしも小淀町へたずねてきて、ぼくがいなかったら……」

「変にも思うし、さがしもするだろうってわけか。論理的だな。とにかく、手近かなところから、裏づけ調査をしていこう。」

「どこへいくんです、これから？」

北口商店街をつきあたって、すじむかいの細い露地へ、猪俣は入っていく。片がわにスタンド・バアの軒灯や、飲み屋の暖簾が並んで、豚の臓物のぴちぴち焼けるにおいを、漂わせている。

「昭和通りへ出て、タクシイをひろうのさ。雨宮侑子が共犯か、共犯でないか、たしかめにいくんだ。こりゃあ、すぐわかりそうだからな。」

「どうしてです？」

「うまい方法があるんだよ。」

きみたちの前に、煤黒い四角な釜から火の粉を散らして、石焼いも、と書いた赤い行灯が、かたかたと揺れていく。リアカアをひっぱっている男が、とつぜん大声をあげて、

「いも。いも。いも。芋だよ。いも！」

リアカアのタイヤは軋んで、飲み屋の前を通りすぎる。暖簾のかげから、竪坑《たてこう》三千尺くだれば地獄、調子はずれの常磐炭鉱ぶしが聞える。男はそれと張りあうように、

「芋ったら、いも。おれも一杯のみたいよ、いも！」

「さっきのやつだぜ。どんな男だか、見てやろうじゃないか。」

猪俣は大股に焼芋屋を追いこして、ふりかえった。焼けこげの軍手で、リアカアの

手木《てぎ》をにぎっている男の顔は、だが、ちらっと見たばかり。赤い行灯が目の前を通りすぎても、動かない。

「きみ、いい家がある。」

右手にかなり広い空地がある。突きあたりは銭湯だ。雲の切れめに月が明るい空へ、蛍光灯の青白い窓から、湯気をしきりに立ちのぼらせている。その空地の角に、ちょっと見には二軒長屋ともうけとれる家が、ひっそりと建っているのだ。一間の入り口が二カ所にあるが、むかって左は腰高のガラス戸が二枚。むかって右は腰のない東《あずま》障子で、上に欄間とささやかな玄関庇がついているから、一軒につづいているのだろう。羽目板は黒ずんで、いかにも古風に天井が高そうだ。急な屋根の瓦が、規則正しい碁盤縞をつくっている。その上に、小さな低い二階がのっている。大きな窓には、額入《がくい》り障子がはまっているが、ガラスも障子も、ところどころやぶれて、黒い穴があいている。

「実にシンメトリじゃないか。おそらく明治か、大正のはじめの郡部の住宅が、そのまま残ってるんだぜ。ひょっとすると、江戸からのものかな。」

「まっ暗だな。誰も住んでいないらしいですね。」

「古くなりすぎて、住むには危険なのかも知れない。」

塀の名残りの内がわには、古材や紙くずが、小山になって棄ててある。猪俣はその前に立って、化物屋敷のような二階屋を、いつまでも見つめている。

「いっしゅ凄絶な美しさがあるね。金聾《かなつんぼ》の婆さんが頑固にすわりこんでるって感じだ。それも、鴬鳴かしたこともある、というたぐいのね。このまま立腐れにしたり、取りこわしてしまうのは、惜しいみたいじゃないか。こんな家があるのを、ちっとも知らなかったな。」

「わりあい、お早かったのね。うれしいわ。酔ってもいないようだし。」

侑子は玄関の式台に、いそいそとスリッパを並べる。きみがそれに足をのせる。すると、廊下の奥から、猫がいっぴき、銀の鞭がしなうように、走ってきた。シルバー・グレイの毛並みがつやつやして、濃いチョコレートいろの尾を、くねらせている。手入れのいいシャム猫だ。

「サミイも、よろこんでるわ。ゆうべも、けさも、かわいがってもらえなかったから。」

黒人歌手のサミイ・デイヴィス・ジューニアから、とった名前ではないだろうが、仮装舞踏会の仮面《ダミノオ》をつけたような顔を、きみの足にこすりつけて、サミイは喉を鳴らしている。猫は知らない人間に、狎《な》れ狎れしくはしないものだ。ことに〈浜崎誠治〉

10：25 p.m.

のような、この小動物に無関心な人間には。

「どこからも、電話はなかったかい？」

雨宮毅になりきった気で、きみは聞く。

「なかったわ。」

侑子の出てきた玄関わきのドアをのぞくと、ささやかな洋間だ。飾り棚にはめこみになった十七インチ・テレヴィジョンが、扉をひらいて、拳闘の試合を映している。スウェーデン刺繡の円いクッションを並べたソファの上には、黒と黄いろの毛糸玉が、ころがっている。

「編みものをしてたのか？」

「ええ、あなたのセーター。テレヴィ見ながらだから、ちっともはかどらないわ。《ペリイ・メイスン》を見て、《モーガン警部》を見て、こんだボクシング。フライ級の十回戦なの。チャチャイとかいうタイ国の選手、まだ高校生だそうだけど、とても強いわ。KO勝が見られそうよ。」

黒っぽい小柄なからだが、ブラウン管の上を、鼠花火みたいに動きまわっている。それを、ぼんやり見つめながら、きみは背広をぬいで、ソファに投げだす。

「上衣を着てちゃ、暑かったでしょう。ゆかたをもってきますわね。」

「着かえるのは、あとだ。」

「それじゃ、冷たいものでも、もってきましょうか。」

「ついでに猫をおいだしてくれ。」

いやがるサミイをだいて、侑子は洋間を出ていった。きみはテレヴィジョンのスイッチを切って、ウォールナットの扉をしめる。こんな目まぐるしい動きと、喚声がそばにあっては、女を愛撫することなぞ、とても出来ない。

きみはこれから、侑子を抱かなければならないのだ。共犯か、そうでないか、たしかめるには、それが、いちばん簡単、かつ的確な方法だ、と猪俣はいう。こばんだら、からくりを知っている、というわけだ。なるほど、同腹でないとわかったときにも、きみの立場は不自然でない。いちばんの鑑別法かも知れないが、きっかけをどうつかんだらいいものか。

きみは網戸《スクリーン》の入った窓から、庭をのぞいた。石榴《ざくろ》の木が一本、まだ口をとじた実を、代赭《たいしゃ》いろにふくらませているのが、手近に見えるだけで、猪俣のすがたは見あたらない。

「こうと知ったら、黒いシャツを着てくるんだったな。白いポロシャツじゃ、隠れにくいや。」

と、いっていたが、植こみを利用して、うまく身をひそめたらしい。侑子が共犯ではないとなったら、電灯をいちど消して、またつけて、こんどは消しっぱなしにする。それを見たら、猪俣はいちおう引きあげて、あしたまた、雨宮商事へたずねてきてくれる、という約束ができている。早く手をださないと、心配してのぞきにくるだろう。

「グレープ・ジュースでいいでしょう。」

侑子が小さな盆を手に、もどってきた。うしろ手にしめたドアの外で、サミイがしきりに鳴いている。

「遊んでもらいたがってるわ。いれてやっちゃ、いけないかしら？」

きみは首を横にふる。

「あなた、お食事は？　鰺《あじ》のムニエルをこしらえて、待ってたんだけれど。」

「すましてきたよ。悪いな。」

「いいの。けっきょくサミイのために、こさえることになるんだろうと思って、鰺にしたくらいだから。」

侑子は、笑くぼを見せて、首をふる。冷えたグレープ・ジュースをのみほして、グラスを盆にもどしながら、早くしなければ、ときみは思う。さっきデコラ張のテーブルの上へ、盆をおいたとき、八口《やつぐち》から一瞬のぞいた白い脇腹や、いまも目の前に見ることのできる縮みゆかたの胸の円み、腰のふくらみに、その気が起らないわけではない。ただ、きっかけがつけられないのだ。

「立ってないで、ここにすわれよ。」

と、いおうとしたが、気もちばかりが上ずって、声に出ない。こうなったら、やぶれかぶれだ。きみは手をのばす。侑子の指を、五本いっしょに握って、ひいた。女のからだは、きみの肩にぶつかって、ソファに倒れる。

「ああ、驚いた……」

と、いいかける口を、きみが自分のくちびるでふさぐ。女はグレノラのイギリス絨緞に足をふんばって、きみの胸をおしのけながら、

「いやなひと。口紅がつくわ。」

「いいさ。ふけばいいんだ。」

きみの声は、低い。ソファのはしへ腰をずらすと、上半身をねじまげて、侑子の顔におおいかぶさる。鼻にひろがる肌のにおいと、だきしめた腕につたわる肩のぬくみが、きみをふるい立たせる。やわらかいくちびるを、思いきり吸うと、長い睫毛をふるわせて、目をとじた女の顔に、見る見る紅みがさしていく。手はまだ胸をおしかえしているものの、きみの舌が、油っこいくちびるを押しひらくと、熱い息づかいを喘《あえ》

ぐようにもらした。きみは夢中で、相手の舌をさぐる。侑子の手はいつのまにか、きみの背中にまわった。と思うと、指さきに熱がこもって、肩をつかむ。きみにすがりついて、からだをくねらす。スウェーデン刺繍の、分厚く円いクッションに邪魔されて、ソファに腰が、十分のっていなかった。それを、スリッパのぬげた素足の指に力をこめて、ずりあがったのだ。とたんに、クッションの上へおいたままの編み棒が、からだの下になったらしい。ぺしっと折れる音がした。はっと侑子は目をひらく。

「だめよ、あなた。こんなところで。」

と、ふるえを帯びた声がいう。

「他人がいるわけじゃない。ぼくらだけの家だ。」

短かくいったくちびるを、きみは侑子の目蓋におしつけて、目をふさがせた。ルージュのにじんだ口もとから、熱く迫った息づかいが、鞴《ふいご》のように奔《ほとばし》って、きみの喉を焼く。やわらかい耳たぶから、喉もとへ、くちびるを移しながら、きみは右手を、動悸の烈《はげ》しい縮みゆかたの胸にあてる。すると女は、苦しげな息を長く吸いこみ、かすれた声で、

「窓があいてるわ。」

「しめればいい。」

「あかりも消して。」

「うん。」

侑子のからだをソファにおろして、きみはすばやく立ちあがる。両内びらきの窓をしめると、天井のサークライン蛍光灯の引きぐさりを、つづけざまに引く。豆ランプになり、暗くなり、白くかがやき、また闇になる光の中で、女は酔ったみたいに血ののぼった顔を、両手でおおった。ゆかたの片裾は、絽の蹴出しとともに床に垂れて、左の太腿をつけ根ちかくまで、のぞかしている。薄緑に静脈を浮きたたせたその皮膚は、体内のほてりにひときわ煌《かがや》き、闇になったあとまでも、妖しく白い残像をおいた。それを頼りに、きみは絨緞にひざまずく。毛細血管のはししまでが、ニクロム線になって、熱をつたえているような腿に、くちびるを烈しく押しあてる。侑子は切ない声とともに、右の膝を高く立てた。

とたんに、玄関のドアを叩く音。

「あけてくれ。ぼくだ。猪俣だ。」

侑子はぴくりと腰をふるわして、上半身をソファに起す。きみも立ちあがった。蛍光灯のくさりをひいて、油くさいくちびるをハンカチでぬぐいながら、玄関に出る。ドアをあけると、小柄な男がのめりこんできた。

「この野郎が、庭に入りこんでやがったんだ。窓をのぞきこもうとしたんで、気がついたんだが。」

こわれかかった電動ポンプみたいに、猪俣は息をはずませている。

大きな手に、黒っぽい背広のうしろ襟をつかまれた小男は、しきりに首をふっている。

「どうしたんです？」

「離してくれ。乱暴はいかんよ。誤解なんだ。離してくれ。頼む。ぼくは怪しいものじゃない。」

「夜ふけにくぐり門から入ってきて、植こみをがさがさ匍いまわっているやつが、怪しくないのか。ぜんぜん、論理的じゃないぞ。」

猪俣が両手でおさえつけると、小男は式台にお辞儀をしたかたちになった。

「論理的に怪しくても、ぼくは泥棒なんぞじゃない。庭へ入りこんだのは、たしかにまずかった。あやまります。あやまるから、放してくれ。ぼくは私立探偵なんだ。」

「私立探偵？　ほんとうか。」

と、きみはいう。小男はくりかえし、うなずいた。古くさい形容だが、青瓢箪という呼びかたが、ぴったりする。腐りかけた大ふくべを、口を下にして、肩のあいだへはめこんだような顔だ。思いきり鉢のひらいた頭には、薄い髪を一本ならべに、なでつけている。眉も薄く、目は細い。下くちびるが突きだして、そこから漏れるがらがら声にも、しまりがない。

「猪俣さん、こいつをしらべてみよう。あがってくれ。」

きみは小男の手をつかんで、ひきずりあげる。なりに似あわぬ大きな靴を、玄関にぬぎちらして、才槌あたまは、ひょろひょろと洋間にのめりこんだ。猪俣もモカシンをぬいで、あがりこむ。

侑子は襟と裾前をつくろいおわって、やや青ざめた顔で、立っている。

「あなた警察に電話を……」

と、飾り棚のはしの、象牙いろの電話機を、視線でしめした。青瓢簞が、いよいよ青くなる。

「それだけは勘弁してください。新聞にでも出たら、あとの商売にさしつかえる。ぼくは、ほんとに私立探偵なんです。身分証明もあります。名刺も見てください。」

あっちこっちのポケットを、ひっかきまわして、ふるえる手に定期入れをとりだした。

「侑子、こちらはぼくの友だちで、猪俣さんという芸術家のかただ。」

と、モヒカン頭を、きみはゆびさす。

「はじめまして。」

と、侑子が会釈する。きみの足もとには、玄関からまつわりついてきて、サミイが鳴きながら離れない。

「きみはしばらく中座しててくれないか。この猫をつれだして。」

きみは、ソファに腰をおろす。女が出ていくと、猪俣がよってきた。目はつりあがって、指がかすかにふるえている。だいぶ興奮しているらしい。きみのとなりにすわって、低い声で聞いた。

「どうした？　あかりを消したな。」

「ええ、侑子はなんにも知らないようです。」

と、きみも小声だ。

「そりゃあ、お楽しみの邪魔になったか。」

「冗談じゃないですよ。ほかにもっとわからないことが、出てきました。」

「なんだ？」

「いまの猫、気がついたでしょう。サミイというんです。」

「この家のかい？」

「ええ。ぼくは鈴置ってひとほど、極端に嫌いじゃないけど、好きでもない。あんなに寄ってこられたのは、生れてはじめてですよ。猫は敏感だから、かわいがってくれない人間にゃ、近づかないはずなんだ。なんだかぼくは、ほんとの雨宮のような気がしてきました。」

「わからねえな。好きだって、他人にゃ寄ってこない。ぼくは猫好きだが、いまのやつ、見むきもしなかった。」

「まさか、サミイも共犯じゃないでしょうね。」

「ご主人さまの一大事だというんで、ひと肌ぬいだか。よせよ。そいじゃあ、化け猫だ。」

と、小声でいってから、猪俣は小男に視線をむける。青瓢簞は肩をすくめて、テーブルのそばに、しょんぼりと立ったままだ。その手の定期入れを、猪俣はひったくった。

「丹波私立探偵局、調査員笹山明か。でかい、いんしょ節みたいだな。局名も、名前も、でたらめじゃないのか、おい。」

「そういわれるだろう、と思ってました。でも、偶然そんなことになっちゃったんです。仕事にだけ、べつの姓を名のろうか、とも考えたんですよ。なんだか変だから。

けれど、聞きこみやなんかのとき、滑稽感が警戒心をほぐす役に立つだろうって、局長さんにいわれましたんで。偽名なら、もっとまともなのを、つけますでしょう。」

「それもそうだな。で、その山家の猿が、ここへなにしにきたんだ。」

「それは申しあげられません。職業上の秘密です。」

と、空気の漏れるような声で、いいおわった瞬間、笹山の頬に、モヒカン族の大きな手のひらが鳴った。小男は顔を押えて、しゃがみこむ。

「なにしに来たんだい、内緒で教えてくれないか。」

猪俣は猫なで声だ。

「尾行してきたんです、このひとを。」

笹山は顔をあげずに、きみをゆびさす。どうやら、涙ぐんでいるらしい。

「しっかりしろよ。私立探偵てのは、もっとタフなもんだぞ。このひとを、けさから尾行してたのか。」

「夕方からです。八重洲口の会社の前から。中野の駅前広場で、あなたにあうのも見てました。」

「ずっとつけてやがったのか。そのくせ、おれが庭にいることは、知らなかったんだろう。間ぬけだな。」

「おふたりとも、家の中へ入ったとばかり、思ったもんですから。それに、はじめから、忍びこむつもりだったわけじゃないんです。そうまでする必要はなかったし――ところが、くぐり戸があいてたでしょう。」

「そこで、成績をあげる気になったってわけか。おい、丹波の笹山、このひとの名をいってみろ。」

と、猪俣がきみをゆびさす。

「雨宮毅さんです。」

「ほんとに、そう思ってるのか。嘘つくと、こんだは往復びんただぜ。」

小男はしゃがんだまま、両腕を顔の前に、柵のように組んだ。そのあいだから、

「依頼人が、そういいました。表札にも、そう書いてあるじゃないですか。」

「その依頼人てのは、どこのどいつだ。」

「そればかりはいえません。局の信用にかかわります。」

「おい、立てよ。立てったら。」

笹山はふらふら、立ちあがる。

「立てるくらい、いうことが聞けるんなら、依頼人の名もいえるはずだな。」

「勘弁してください。」

「ひとがやさしくいってるうちに、いわねえと――」

「殴らないでくださいよ。知らないんです。ぼくはただの調査員ですから。お客さんの名は、局長しか知らないんだ。」

「もう遅いぜ。嘘をつくなら、最初からつけ。殴らないから、いえよ。」

小男の背広の胸ポケットから、猪俣は万年筆をぬきとった。

「ペリカンじゃないか。ドイツの万年筆だ。私立探偵社ってのは、固定給もないようなひどいとこが、多いって聞いたが、よくこんな高級品、買えたな。」

「女にもらったんです。」

「笑わせやがら。女にもらったという面《つら》かよ。」

「でも、ほんとなんです。」

「ほんとうでも、大学病院の廊下でひろいました、とかなんとか、嘘つくもんだ。癪にさわる野郎だぞ。おい、おれはな。戦争ちゅう特高の憲兵だったんだ。このペリカンで、おもしろい遊びを教えてやろうか。」

猪俣は小男の右手をとって、中指を持ちあげる。その腹と、ひとさし指と薬指の背のあいだに、万年筆をはさんだ。

「こうやって、この三本の指を、おれが握りしめるんだ。力を入れなくても、すごく痛いぜ。なにか刺激をあたえると、わすれた名前やなんか、思い出すもんだからな。刺激が強すぎるかも知れないが、万年筆が折れるか、指の骨が折れるか。どっちが先か、賭をしようか、雨宮君。」

青瓢箪がまたも、いっそう青くなる。

「この部屋の絨緞は、高そうだよ。あんまりふるえて、小便を漏すと、怒られるぜ、私立探偵さん。だいいち、いい年をして、みっともないやね。まだ思いだせないか?」

「浜崎誠治です。」

「なんだって!」

と、思わずきみは口走る。

「もう一度いってみろ。そんなふにゃふにゃした声でなく、男らしい声が出ないのか。」

と、猪俣もつめよる。

「浜崎誠治です。住所までは知りません。ほんとです。ぼくはただ――」

「どんな顔した男だ?」

と、きみが聞く。

「顔も見ていないんです。ぼくはただ、帳簿をのぞいて、依頼人の名前を知っただけなんですから。ほんとに、ほんとですよ。これだけ喋ったら、もう嘘をついたって、しょうがないです。」

きみは猪俣と顔を見あわせる。

「敵ながら、あっぱれだね。まだほかに聞いとくことはないかな、こいつに。」

と、猪俣がいう。

「きょう五時ちょっとすぎに、雨宮商事へたずねてきて、社長秘書にぼくのことを聞いたのも、あんただろうね。」

と、きみは笹山をにらみつける。

青瓢箪はきょとんとして、

「いいえ。ぼくじゃありませんが。」

「ほんとうか。あんたの同僚じゃ、ないのかい?」

「丹波探偵局で、この件に動いているのは、ぼくだけなんです。」

きみはまた、猪俣と顔を見あわせる。

「この男どうしよう。」

と、猪俣がいう。

「お願いです。帰らしてください。このペリカン、お気に召したんでしたら、さしあげます。ぼくはまた、もらえますから。」

「いらねえや、そんなもの。口のききかた、すこしは考えろよ。こっちは気が立ってるんだぜ。」

「ここにおいといたって、邪魔になるばかりだ。帰してやりましょうよ。」

と、きみはいう。

「ありがとうございます。お庭を汚《けが》して申しわけございません。ありがとうございます。」

「いいから、早く帰れ。なにをもじもじしてるんだ。足がふるえて、動かせないのかよ。」

と、猪俣がいう。

「実はその——浜崎誠治というひとを、ご存じでしても、黙っていていただきたいんですよ、ぼくが喋ったっていうこと。局長の耳にでも入りますと、馘首《くび》になります。ぼくひとりなら、どうにでもなりますが、大学にいってる妹がいますんで。」

「泣きおとしか。わかった。わかった。」

「ありがとうございます。なんでしたら、こんど妹をご紹介いたしましょう。」

「お前さんに似てるんだろうな。」

「そりゃあ、きょうだいですから。」

「目の前がまっくらになるようなこと、いうんじゃないよ。早く帰んな。帰ったふりして、また庭に隠れたりしやがったら、ただじゃすまないぞ。その茄子っ歯を三十二枚ことごとく、胃袋ん中に叩きこんでやる。そんな柄の長い歯ブラシは、あつらえなけりゃないからな。歯をみがくのに、苦労するぜ。」

猪俣はさきに立って、玄関へ出ていく。笹山明がくぐり門を出るのを、見とどけてから洋間へもどると、ソファに腰をおろして、

「がっかりしたよ。あれが現実の私立探偵かね。フィリップ・マーロウに聞かせたら、なんというだろう。」

「それも私立探偵ですか。」

「レイモンド・チャンドラーという作家が、つくりあげた名探偵さ。ぼくの理想の人物だ。ところで、どうする?」

「浜崎のところへ、電話をかけてみます。私立探偵を雇うのに、ぼくの名前をつかったところなんか、兄貴がやっぱり、一枚嚙んでるようですから。」

きみはソファの上の背広のポケットに手をつっこんで、紘太郎の名刺をさがしだす。

「電話をかけて、どうするつもりだ。ま正面から、兄貴、ひどいぞ、という手は、き

きもしまいし。うまくないぜ。」

「雨宮毅、と名のりますよ。あすの会議の前に、話しあっておきたいことがある。夜おそく悪いが、ぜひご足労ねがいたい、といえば、やってくるでしょう。」

飾り棚の電話機の前に、きみは立つ。名刺のうらに書いてもらった番号と首っぴきで、ダイアルをまわす。受話器の中で、ベルが鳴りだした。ベルはひと息ついては、鳴りつづける。いつまでも、ひと息ついては、鳴りつづける。ひと息ついては、鳴りつづけるだけで、いくら待っても、先方の受話器はあがらない。

「どうした？　お話ちゅうかい。」

「ベルは鳴ってるんです。もう寝たのかな。寝てても、これだけ鳴ったら、目がさめると思うんだけれど。留守かしら。」

「出たくっても、中途はんぱじゃ出られないところに入ってるんじゃないのか。」

「むこうの電話、どういうとこにあるんだろう？　アパートかなんかだったら、管理人が出るはずですよ。寝てても、ぶつぶついいながら、起きてくるでしょう。兄貴、東京にも一軒、家をもつか、借りるかしてるのかな。」

「それだったら、ふだん明家《あきや》にしとくはずないぜ。二号さんかなんか、おいとくはずだから、それが出るだろう。近ごろは、各室直通電話つきなんてアパートも、ずいぶんあるからな。」

「やっぱり、これは留守ですよ。お姿さんがいるとしても、いっしょに出かけたんでしょう。」

きみはあきらめて、受話器をおく。

「やっぱり、あしたという日のくるのを待つより、しかたがないか。」

と、猪俣は立ちあがる。きみのそばへ寄ってきた。

「この家、あまり大きくはないようだが、凝った家具を入れてるね。金はあるんだな、雨宮というやつ。」

と、小声でいいながら、室内を見まわす。部屋のすみが、三尺足らずのすべり戸になっている。それをあけてみて、

「ここが、やつの書斎らしいぜ。」

「住所録があるかも知れませんね。関谷専務の自宅に電話があったら、かけてみましょう。」

となりは和室だ。八畳だ。洋間のあかりで、大きな漆塗の日本机の上に、電気スタンドのおいてあるのがわかる。明治時代の台ランプに、電球とコードをしこんだものだ。まさか、安政六年に鈴木鉄蔵が、横浜のスネル商会で買った、というほどの骨董

品ではないだろうが、凝った金いろの装飾が黝《くろ》く沈んで、なかなかおもしろい。きみは膝で歩いていって、スイッチを入れる。象谷塗《ぞうこく》の机に、引出しはない。上には左はしに台ランプ。右はしには木彫のノルウェー人形がひとつ、まんまるな楯に長い槍、おかしな冑《かぶと》をかぶった海賊《ヴァイキング》すがたで、立っている。それが文鎮がわりに二、三通の手紙をおさえつけているほかは、双子マークの皮ケースに入った、ヘンケルスのペイパー・ナイフ・セットが、おいてあるだけ。けれど、机のとなりに、古代杉の四段引出しの整理箱がふたつ並んで、上にローヤルのカナ文字タイプライターを、載せている。

きみはその引出しを、あけてみる。最初は手前の整理箱のいちばん上の引出しだ。駝鳥皮《アストリッチ》のシガレット・ケースの下から、おなじように黄いろっぽい皮表紙、横綴の手帳らしいものが、のぞいている。ひっぱりだしてみると、それがアドレス・ブックだ。Sのところをひろげてみようとしたとたん、洋間で電話のベルが鳴りだす。

「もしもし、雨宮ですが。」

と、猪俣の答える声が聞えた。

「いいえ、ちがいますよ。ちょっと待ってください。どなたですか。」

どうやら、きみに用らしい。アドレス・ブックを机において、きみは洋間に顔をだす。

「名前をいわないんだが、雨宮毅にだ。」

と、送話口を片手で蓋して、猪俣が小声になる。さしだされた受話器を、きみはうけとる。耳にあてると、猪俣がモヒカン頭をよせてきた。

「もしもし、お待たせしました。雨宮ですけれど。」

「こんばんは、殺し屋だす。」

ていねいな声が、ねばりつくようにいった。

「はあ?」

と、きみは聞きかえす。

「殺し屋だす。*professional killer* ちゅうやつでんね。」

抑揚《イントネイション》は、ちゃんと英語になっている。

「とつぜんで、さぞお驚きのこっちゃろ思いますが、大阪からやってきましてん。あるひとの依頼で、あんたはんを殺すためにな。あしたの〈第一こだま〉の切符がとっておますのんで、朝の七時には仕事すませて、東京駅にいってならん。そやから、まあ、せいぜい六時半まででんな。あんたが生きてられるのんは。」

いいまわしは、やわらかい。けれど、昔かたぎの職人みたいに、芯にはかたい自信のある言葉だ。きみは生つばをのみこむばかりで、なにもいえない。

「たぶん、それより早よなると思います。わたしもちょっとは、眠らなあきまへんよってな。死ぬのんやったら、あれだけはすましときたかった、ちゅうようなことが、ようあるもんだす。もしおましたら、やっといとくなはれや。わて、おしろうと衆のときには、あらかじめ、お話することにしてまんね。お気の毒ですよって。ほな、のちほど、お目にかかりましょ。」

「おい、ちょっと待ってくれ。」

きみの声は、痰みたいに喉にからんで、なかなか出てこない。

「冗談なんだろう？　ええ、いまのは冗談なんだろう？　いったい、誰にたのまれたんだ。」

「そら、申しあげられまへん。冗談や思いたいのんはもっともだすけど、そう思わんほうが、よろしおまっせ。」

空咳のような響が、三度ばかり短かく聞えた。それが笑い声らしい。

「もしもし、もしもし。」

きみはあわてて送話口に呶鳴る。けれど、電話は切れてしまった。

「殺し屋か。畜生、女探偵の推理があたっていたんじゃねえか。やっぱりきみは移動標的《ムーヴィング・ターギット》だったんだ。雨宮毅の弾よけなんだよ。」

と、いまいましげに猪俣がいう。

まだ受話器をにぎったままの左手首を、きみは見つめる。エテルナの二本の針は、十一時四十八分をしめしている。目いっぱいに見つもって、あと六時間四十二分の命。

「死にたくない！」

と、きみは口走る。受話器を、受台《クレイドル》に叩きつける。八畳にとびこむと、讃岐産の和机の上から、黄蘗《きはだ》いろのアドレス・ブックをひっつかむ。洋間にもどって、Sのところをひろげてみる。佐藤、狭山、榊原。関谷慶一というのがある。住所は、豊島区雑司ガ谷町一丁目九十六番地。これにちがいない。電話もある。きみはふるえる指に、象牙いろの受話器を持ちあげて、ダイアルをまわす。ベルが鳴って、しばらくすると、先方の受話器があがった。

「もしもし、関谷でございますが。」

おずおずした女の声だ。

「雨宮です。遅くすまないが、専務を出してください。」

意気ごんで、きみはいう。

女はなにもいわずに、受話器をおいた。ひとこと喋れば、それだけ命が電話線に吸いとられて、死期が近づくとでも、思っているのか。手もふるえているらしい。受話器は大きな音を立てた。

「もしもし、なんですか。社長。」

と、聞きおぼえのある声が、やがて電話線から走りでる。

「関谷専務、きみはどうして、黙っていたんだね。」

「はあ？　なにをですか。」

「ゆうべ、ぼくといっしょに飲んだことをだよ。」

「なにをおっしゃるんです、社長。わたしにはなんのことだか、わかりませんが。」

「中野の《ラグタイム》というバアへ、ゆうべ、いっしょにいったじゃないか。そこがたぶん上りで、振出しは新宿だ。」

「社長の記憶ちがいでしょう。中野のバアなんて知りません、わたしは。」

「ぼくも知らなかった。わすれてたんだ。なんで思いだしたか、教えようか。会社の応接室で、きみがポケットから出したマッチでだ。浜崎氏のタバコに、きみが火をつけてやったマッチでだよ。」

「あのマッチが……」

「どうだ、きみも思いだしたろう。」

「いいえ、わたし、知りません。その……マッチをもっていたからって、そこへいったとはかぎりませんよ、社長。あれはきっと、間違えてポケットに入れてしまったんです、誰かがつかっていたのを。」

「そういうことに、しといてもいい。しかし、ぼくはさっき《ラグタイム》で、もと銀座のバアにいた女と、あってきたんだ。ゆうべ、ぼくたちのテーブルには来なかった女だ。それが教えてくれたよ。ぼくのつれは、以前の店のお馴染みで、雨宮商事の関谷専務さんだって。」

相手は黙っている。きみは畳みかけた。

「関谷さん、ほんものの雨宮毅はどこにいるんだ。なんの義理もない人間の代りに、殺されるのは、ごめんだ。教えてくれ、雨宮毅はどこにいる。おい、返事をしろ。もしもし、もしもし！」

受台《クレイドル》に飛びだしているふたつの疣《いぼ》を、きみはなんども二本指でおす。けれども、声はつながらない。関谷は電話を切ってしまったのだ。無言のままで。しかし、その無言は、白状したもおなじことだ。

もう一度、アドレス・ブックの住所を見ながら、猪俣にきみは聞く。

「豊島区雑司ガ谷というのは、遠いんですか？」

「近いな。関谷のところへいってみるか。」

「いってみましょう。」

きみは背広をとりあげて、腕を通した。

「押しかけるんだったら、電話はかけないほうが、よかったな。風をくらって、逃げたかも知れない。」

頭の剃ってあるところを掻きながら、猪俣は立ちあがる。

「それでも、ここで人殺しがやってくるのを、どきどきしながら、待ってるよりは、増しでしょう。」

「その通りだ。おしかけられるよりは、おしかけよう。」

猪俣はドアに近づく。きみがそれに、つづこうとしたときだ。電話のベルが、けたたましく鳴りだした。

「おい、電話だ。」

わかりきったことを、猪俣があわてていう。きみ同様、心臓がちぢんだらしい。

「もしもし。」

おそるおそる、きみは受話器をとりあげていう。

「雨宮さんのお宅ですか。」

軽くはずんだ女の声だ。

「そ、そうです。」

「雨宮毅さん、いらっしゃいます?」

メイプル・シロップみたいなその声は、どことなく、聞きおぼえもあるようだが、はっきりしない。

「ぼく、雨宮ですが。」

「なんだか、尻ごみしてるみたいな声だけど、浜崎さんなんでしょう?」

「あの、あなたは……」

「あたしよ。千沙子よ。わかんないのかな。ほら、さっきインディアンの名探偵んとこであった——」

「ああ、《シャウト》の。千沙子さんっていうんですか、あんた。よくこの電話がわかりましたね。」

「なんだ。ミス・ホームズからか。」

と、猪俣が耳をよせてくる。受話器の中に、千沙子の声がオクターヴあがって、

「なに感心してるのよ。電話帳みりゃ、出てるじゃないの。それよか、あたし、いまどこにいると思う? 電話の前にきまってるけどさ。この公衆電話のボックスの窓か

らは、《ジャンゴ》のドアが見えるのよ。」

「じゃあ、雅子を……」

「ついさっきまで店ん中で、雅子さんと鎌田夫人を見張ってたの。よく顔がわかったなんて、幼稚な質問しないでね。おふたりはまだ、お客さんの相手してるわ。もう時間外だから、ドアには鉄扉《シャッター》がおりてるけど、客はかなり残ってる。ボーイがひとり、階段の上に立っててね。お客や女給さんが帰るときには、パトロールが近所にいないの、たしかめてから、くぐり戸あけて、さっとひとりずつ送りだすのよ。《ジャンゴ》は地下室で、裏口はないから、ここで張ってれば大丈夫。」

「それで、様子は変ですか、雅子の。」

「ふたりが相手してるお客さんに、つれのないのが、ちょっと気になるんだ。蹴球《サッカー》のボールに目鼻をつけたみたいな大きな男でね。」

「兄貴だ。浜崎紘太郎だよ、たぶん。」

「よし、なんとかたしかめてみるわ。あたし、このまま電話かけてるふりして、《ジャンゴ》のドアを見張るわね。話なかったら、そっちは切ってもいいわよ。」

「話はあるぜ、千沙子。」

と、きみの手の送話口を、自分のほうにむけさせて、猪俣がいう。

「あら、あんたもいたの。」

「きみの推理——推理じゃねえな。直感だな。とにかく、そいつがあたったんだよ。」

「それ、どういうことですの、先生。」

「かみがたから殺し屋がやってきたのさ。朝の六時半までに、雨宮の命は蒸発するんだ。」

「どうしてそんなこと、わかったのよ。」

「電話で予告《ウォーニング》があったんだ。思いのこしのないように、やりたいことはやっておけって。」

「いかす暗殺業者ね。」

「よろこんでちゃ、いけない。」

「ほんとだわ、なんとかしなくちゃ。弾が飛んでくるのを、ぼんやり待ってる手、ないわよ。」

「だから、関谷のところへおしかけようというんだ、これから。」

「専務が共犯だっていう証拠でも、つかんだの。」

「ゆうべ、ぼくをひっぱりまわしたのは、あいつなんですよ。《ラグタイム》に顔を知っている女がいて、わかったんだが。」

と、きみがいう。

「なんだか、腑におちないな。どうして、いままで思いだせなかったの、浜崎さん。いくら蒟蒻《こんにゃく》みたいに酔ってたって、ずっといっしょにいたんでしょ。しらふになってから、顔を見たり、声を聞いたりすれば、なにか気がつきそうなもんじゃない。」

「だから、よっぽど、ぼく、どうかしてたんですよ、ゆうべは。」

「とにかくあんたは、雨宮防衛計画の主謀者たちにとって、猫に木天蓼《またたび》か、鰹節《かつぶし》か知らないけどさ。もってこいの状態にいたわけだわ。ほんものを探しださなきゃ、癪だわね。」

「やりますよ。ぼくにそっくりのやつをとっつかまえりゃあ、いいんだ。」

「そこになんか、トリックがあるような気がするんだがなあ、あたし。まあ、いいや。しっかりやってね。こっちは浜崎紘太郎らしき人物にくいさがるから。なにかわかったら、どうしようかな。関谷のアドレスと電話番号、教えといてよ。」

きみはアドレス・ブックを読みあげて、

「ここでなにもわからなかったら、多島アパートへいってみます。鎌田にぶつかって、泥をはかしてやる。」

「それよか、どこかへ逃げたほうが、いいんじゃない？」

「おれのところへ、きてもいいぜ。」と、猪俣がいう。

「あたしのとこでもいいわよ。渋谷区幡ガ谷本町一の二十四ハダカ・アパート四号室。ハダカっていったって、裸体主義者《ヌーディスト》のキャンプじゃないから、よろこばないでね。大家さんの苗字よ。羽が高いって書くの。四号室のドアのわきの牛乳入れに手をつっこむとね。鍵が函の天井に、銀いろのビニール・テープでとめてあるわ。」

「いくら聞いても、いわなかったくせに。おれでなけりゃあ、教えるのか。たちまち、ひがんだな。」

と、猪俣はいう。

「お中日は二十日《はつか》もさきよ。くだらないことといってないで、雑司ガ谷へいらっしゃい。いつフィリップ・クレイがあらわれるかも、知れないのに。」

「時間を無駄にしちゃいられません。切りますよ。電話。」

と、きみがいう。千沙子の声に、受話器をふくらますほど、力がこもった。

「がんばってね。死んじゃだめよ。」

　先に立って、きみは玄関へ出る。額縁のガラスのうしろで、ビュッフェの道化師が、厳粛に笑っている。それがきみには、自分の顔を、かいたもののようにも思える。いや、雨宮毅の顔かも知れない。殺し屋の顔かも知れない。見ず知らずの他人にされて、うろうろしているきみは、道化師だ。命おしさの苦しまぎれに、他人を身代りにして、逃げあるいている雨宮毅も、道化師だ。どういうつもりか、警告の電話なんぞをかけてきて、得意になっている殺し屋も、道化師だ。きみたちが靴をはいていると、奥から侑子が急いで出てきた。なんにも事情を知らないとすれば、この女だって、道化師だ。みんな真剣であればあるほど、滑稽に見える。

「こんなに遅く、お出かけになるの。」

と、侑子はいう。

0:23 a.m.

「急用ができてね。関谷専務のところへ、どうしてもいかなきゃならない。帰れなくなるかも知れないけど、心配しなくていいよ。誰か知らないやつがたずねてきても、ぼくがどこへいったか、ぜったいに教えちゃいけない。わかったね。」

「奥さん、懐中電灯があったら、借してください。なるたけ、大きなやつがいいな。雑司ガ谷へんは、暗くて淋しいから。」

と、猪俣がいう。

「女中が国に帰ってるんで、どこにあるかわかりませんけど、さがしてみますわ。」

侑子は奥へもどりかけたが、廊下のはずれで、声だけ聞かせて、

「ここにぶらさげてあるわ。なんだってこんなに大きなのを、買ったのかしら。」

笑いながら、持ってきたのを見ると、たしかに大きい。飯場にでもおいてありそうなやつで、懐中電灯という日本語では嘘になる。ふところには、とても入らないから、フラッシュ・ライト、と英語でいったほうがいい。猪俣はそれをうけとって、

「こりゃあ、おあつらえだ。お借りします。出かけるとするか、雨宮君。」

「あとをたのむよ。」

「いってらっしゃい。気をつけてね。」

きみたちは、外へ出た。露地の底には、闇が濃い。だが、見あげると、西《にし》の内《うち》をち

ぎって揉んだような雲がまばらに、空は明るい。十二夜の月が、どこかに傾きかけているのだろう。

「こりゃあ、いいや。関谷の家をさがす役にも立つしな。もしものときには、ちょっとした武器にもなる。これだけ大きいと、がんとやったら、頭蓋骨が陥没するかも知れないぜ。」

猪俣は歩きながら、フラッシュ・ライトをふってみせる。

「ほんとに憲兵だったんですか、猪俣さん？」

「よしてくれ。考えたってわかるじゃないか。ぼくはまだ三十前だぜ。」

矢来の通りへでる。角の交番の巡査が、猪俣の異様な風体《ふうてい》に、ちょっと胡散《うさん》くさそうな視線をむけたが、声はかけてこない。モヒカン族は平気な顔で、正面の坂のむこうを、

「この方角だよ、雑司ガ谷は。」

と、ゆびさした。やや左手の高台の、書割りめいた木立の上に、すこしいびつな円い月が、古代銀貨みたいに浮かんでいる。きみはけさ、茫然として見まわした風景を思いおこす。このあたりの人びとは、あのあともなにごともなく時間を送って、もうあらかたが、やすらかな眠りについていることだろう。のんきなものだ。

そこへ神楽坂のほうから、セドリックの八十円タクシイが、空車で走ってきた。猪俣がそれをとめる。きみたちをのせると、ヘッドライトの鞭を大きくふって、セドリックは、矢来の坂を一気にくだった。

「もうキロがなくって、池袋の会社へ帰るとこだったんですよ。交番の前でしょうが、方角ちがいでお断りして、文句をつけられたら、どうしようかと思ってね。おそるおそるドアをあけたんですよ、じつは。」

と、運転手がいう。猪俣は笑った。

「雑司ガ谷で、ほっとしたろう。墓地のところに、都電の停留所があったね。」

「大塚坂下町でしょう。停留所は坂上ですがね。護国寺から左へのぼりきったとこの。」

「あのへんでとめてくれ。」

車は江戸川橋をわたる。静かな中に、暗渠《あんきょ》から神田川へ落ちる水の音が、耳につく。まっすぐ音羽の通りへ入ると、護国寺の森が、正面に黒い。交通量がすくなくなって、うれしそうに車はつっ走る。すれちがうヘッドライトも、飛びかかってくるような勢いだ。暗い家並みがしばらくつづく。狭い道路に、四本の都電のレールだけが、蛞蝓《なめくじ》の通ったあとのように、銀いろに光っている。と思うと、どの窓にも灯のともった大塚警察署と、いくつかの窓の明るい講談社の、ナポレオンの奥津城《おくつき》みたいに大きく白い建物の前を、セドリックは走りすぎた。

「大塚警察か。いっそここで相談したらどうだ？」

と、猪俣がささやく。

「とにかく、関谷のところへいってみましょう。」

と、きみは首をふる。

車は護国寺の山門の前を、左へ曲った。やや広くなった道路は、すぐふたまたにわかれて、左は公孫樹並木の、日本女子大裏から、千歳橋の陸橋へ通ずる道だ。きみたちの車は、都電のレールが日出町から、池袋までのびている右手の坂を、スピードを落さずにのぼっていく。たちまち道が平らになって、都電の停留所が見えだした。と思うと、同時にざわついたひとだかりも、目に入る。

パトロール・カアがとまっている。救急車もとまっている。フィシュテイルの大型車もとまって、そのまわりには医務員の白服。警官の制服。近所のひとらしい寝間着も、それにまじって、私語の中から女の泣声が聞えた。

「事故ですぜ。道路に血がはねてまさ。ひどくやったらしいね。」

と、スピードを落しながら、運転手がいう。

「ひとが轢《ひ》かれたんだぜ。験《げん》が悪いな。このへんで、とめてくれ。」

と、猪俣は顔をしかめる。

「あの泣声じゃ、死んだんですよ。女の亭主か子どもかなんか。」

運転手は窓から首をだした。

きみはゆうがた、江戸っ子の運転手から、聞いた言葉を思いだす。二度あることは三度ある。血の痕《あと》を見るのは、これで二度めだ。もう一度、見るのかも知れない。しかも、こんどは痕でなく、自分の血が噴きだすところを。

停留所のすこし手前、左折する露地の角で、セドリックはとまる。露地の右がわは、どこまでもコンクリート塀だ。

「この塀の中が、雑司ガ谷墓地だ。」

車をおりて、猪俣がいう。きみは灰いろの塀の角をゆびさした。

「そこに案内図が、かかってますね。」

「なるほど、これで見ると、一丁目はこの左がわだな。奥へいくほど、番地はふえるらしい。うまいところで、おりたわけだ。」

大きなトタン板に木枠をつけた案内図を、フラッシュ・ライトで照しながら、猪俣はいう。

弓なりにくねった露地に、街灯が間遠な光を投げている。きみたちは、急ぎ足に歩きだす。

「さっきの赤電灯のついてたところ、大塚警察だっていいましたね。ちょっと考えたんですけど、雨宮毅にもぼくみたいに、警察へいけないわけがあるんじゃないかな。」

「論理的だね、その考えは。きみを替玉にしたてたって事実は、やつらが殺人者の来訪を、予知してたってことを意味する。予知していながら、警察に保護はもとめない。こんな姑息な手段で、ふせごうとしたって事実は、うしろぐらいことが、自分のほうにもあるって、白状してるも同然だよ。」

「もっとも、いきなり警察へ駈けこんでも、本気で相手はしてくれないかも知れませんね。いくら、命を狙われるって泣きついたって。」

「そんなことはないさ。どうしても保護してもらいたきゃ、警察であばれて留置してもらうとか、なんとか打つ手はあるはずだ。こんな芸の細かい金のかかる方法をとらなくてもね。それをしないってことは、つまり、お巡りさんとつきあいたくねえんだな。」

「ぼくはいよいよとなりゃ、交番へ飛びこみますよ。横領犯人になるほうが、殺されるより、まだましだ。」

「ここに番地が書いてあるぜ。」

右がわに、かなり大きな二階屋が建っている。晒餡《さらしあん》みたいに品のない紫いろのモルタル塗で、アパートらしい。その塀の前の電柱に、白い文字で番地を書いた藍いろの小さな札が、打ちつけてある。

「一の五十七か。もっと先かね。それとも、このへんの横丁を入ってみようか。どこかで聞けるといいんだが。」

ひとりごとみたいに、猪俣がいったときだ。きみたちのうしろで、いきなり男の声がした。

「家をおさがしですか。」

ふりかえると、黒っぽい細縞のダブルに、蝶ネクタイの、ふとった男が立っている。やや大きめの、黒っぽいソフトをかぶっているので、いやに背が低く見える。

「ええ。雑司ガ谷一丁目九十六番地てのは、どのへんでしょう?」

と猪俣は聞く。

「ぼくのところが、九十五番地だから、近くですな。」

ゆうべのお粥の残りみたいな声で、小男はいう。

「ありがたい。関谷という家を知りませんか。」

「ああ、関谷さんだったら、家の裏手ですよ。ぼくも帰るとこだから、つれていってあげましょう。」

「おねがいします。」

アパートのまん前で、コンクリート塀は口をあけ、かなり広い舗装道路が、墓地の中を横ぎっている。その道をさきに立って、小男は歩きだす。

「ぐるっとまわったところですからね。こっちへいったほうが、近いんです。」

「ま夜中の墓地ってのは、あまり気もちがよくないな。」

と、猪俣がいう。

「馴れると、なんでもないですよ。」

見わたすかぎり、大小の墓が並んでいる。道をはさんで、公孫樹の大木が何本も立っている。見あげると、無数の小さな三角の葉が、白っぽくなりかけている。欅《けやき》のほうは、ひと足さきに葉を落しはじめて、骸骨の手みたいな枝を、天を掃こうとするかのように、萋萋《せいせい》とのばしている。あちこちに立ちはだかった大木に、空を窄《せば》められて、道は暗い。ところどころに、鶴みたいに首を曲げた懸垂式のランプ・ポストが、立ってはいる。けれど、まさか盗まれたのではないだろうが、どれにも電球がついていない。おまけに舗装道路の白さも、まだらな落葉に汚されて、不気味なばかりだ。

「やけに静かだな。耳鳴りがしそうだ。」

と、いいながら、猪俣がフラッシュ・ライトをつける。

先に立っていく小男は、時代遅れのラバソールをはいているのか、靴音らしい靴音はしない。きみたちふたりの靴音だけが、陰気についてくる。どこか遠くで、犬が吼えた。けれど、たちまちすべての物音は、墓石の中に吸いこまれるように、消えていく。

猪俣のふるフラッシュ・ライトが、小男の左手を、たまたまとらえる。一瞬、死びとの手みたいに見えたのは、朽葉いろの皮手袋をはめているのだ。その手に、黒いかばんをさげている。底が矩形で、上のつぼまった小型のかばんだ。

「あんたはお医者さんですか。」

と、猪俣が聞く。

「いいえ。ああ、このかばんね。医者みたいに見えるかも知れませんが、ちがいます。ちょっと変った商売ですよ。見当がつきますかな?」

「さあ、わからない。」

「ピアノの調律師ですよ。指さきをつかいますんでね。年じゅう手袋をこうはめて、大事にしてます。」

と、小男は皮手袋の右手を、肩の上でひらひらさせて、

「このかばんの中には、調律の道具とピアノ線が入ってるんです。」

右がわに一本だけ、チューリップ型の乳白ガラスの蔽《おお》いをつけたランプ・ポストがあって、薄赤く電灯がともっている。そのむこうに一軒、案内茶屋らしい平屋があるが、まっ黒に寝しずまっている。手前には低い石の囲いをめぐらして、これは日本人の墓ではない。石の十字架の、やや大きいのが正面に一本、左右に小さいのが、何本も立っている。その前までくると、小男は立ちどまった。白ペンキの剝《は》げかけた鉄柵の低い門に、よりかかるようにして、かばんを石の囲いの上へおく。その中から、しなしなと一本の針金をひっぱりだした。

「これが、ピアノ線ですわ。」

皮手袋の甲で、ソフトのつばを押しあげる。まるい顔をそむけかげんに、小男はにやりと笑う。漫画家のパウル・フローラがかいたサルトルそっくり。といってもきみには、ぴんと来ないかも知れない。つまり、ひどいやぶにらみなのだ。それにはじめて、きみは気がつく。

「ここは外人の墓らしいですな。」

小男は囲いの中を、のぞきこむ。

　正面の十字架には、いまの明るさでは読めないだろうが、SPESUNICAと彫ってある。両がわの小さなやつには、イオニア文字のX《ケイ》とP《ロウ》とを重ねた左右に、A《アルファ》とΩ《オメガ》を配した紋章が、黒くはっきり、いまでも見える。XPはXPCTOC《クリストス》のかしら文字。AとΩは、〈キリストは始めにして終りなり〉と、いう意味をあらわしたローマン・カトリックの紋章だ。ここは雑司ガ谷霊園の中でも、外人墓地と呼ばれる一郭なのだ。ちょっと横へ入ったところには、明治二十六年に来日して、帝大で哲学、東京音楽学校でピアノを教え、大正十二年に死んだドイツ人のケーベル博士の墓もある。

「この十字架の前に、死体を寝かしておくというのは、どうだす。まんざら悪い趣向でも、おまへんやろ。」

「なんの話です、あんた。早く九十六番地へ、つれてってください。」

と、猪俣がしびれをきらして、声をとがらす。

　小男はうつむいて、喘息の発作を起したみたいに、笑いだした。きみの膝が、がくんといった。背骨がちぢんだような気がする。

　小男は、ピアノ線の両はじをにぎって、手のひらにひと巻、ふた巻まきつけながら、ゆっくり顔をあげる。ピーター・ローレみたいに、妙なすごみのある顔だ。

「ほんまにわからんのですか、なんの話か。とすると、わての東京弁も棄てたもんやおまへんな。」

ふゅえっと、妙な声を、猪俣が喉のおくで立てる。きみのほうは、声も出ない。目をむいて、小男の顔を見つめるばかりだ。

「畜生、おれたちのあとを、つけてやがったのか。」

「あたり前だすがな。近所のボックスから電話して、すぐ見張ってたんだす。こんなおあつらえむきのとこへ、案内してくれて、ほんまにありがとうさんでんな。おかげで早よすみそうだす。」

「ここでやる気かよ。そのかばんから、ワルサーP38でも、とりだすのか。そうはいかねえやい。」

と、呶鳴るといっしょに、特大のフラッシュ・ライトをふりかぶって、猪俣は飛びかかる。

きみも気をそろえて、おどりかかろうとする。だが、からだ中の関節が、どこもいうことをきいてくれない。その間に小男は、機敏に動いていた。と思ったときには、ピアノ線がヒュッと宙に鳴って、フラッシュ・ライトの舗装道路に叩きつけられる音。猪俣は背中まるめて、うずくまっている。

「東京はガン・ブームやそうでっけど、わてはハジキを使うの、きらいだんね。」

「そうだろうさ。そのやぶにらみじゃあ、狙いがつくめえ。」
うずくまって、手首をさすりながら、猪俣が悪態たたく。けれど、顎がががくし
て、あまり威勢よくは聞えない。
「そんなこと、おまへんで。どこを狙ろてるやら、わからんとこで、ええのんかも知
れん。そやけど、ハジキをふりまわすなんてなこと、臆病もんのやることだすな。」
フラッシュ・ライトは、豆電球をつけたまま、道にころがっている。やぶにらみの
殺し屋が、それをひろいあげる。
「だいいちあんた、ハジキなんか持ってると、調べられたとき、いいのがれが出来ま
へんよってな。ピアノ線なら、調律師で通りまっしゃろ。」
と、いいながら、フラッシュ・ライトの銀いろの筒に、高炭素鋼の針金をキリキリ
ッと巻きつける。
「こないに首をしめあげますねん。あんさんのほうも、ズドンバカンとお腹《なか》に穴あけ
られるより、よろしおまっしゃろ。ほんまのイチコロや。つらいこと、ちょともおま
へんさかい。」
「ほんとにワルサーも、スミス・アンド・ウェッスンも、もってないのか。」
と、猪俣が下から見あげる。

「うたぐり深いおひとやな。」

薄いくちびるをまくりあげて、まんまる顔がにやりと笑う。とたんに、猪俣は飛びあがった。

「逃げろ！」

もときたほうへ走りだす。きみも走った。けれど、たちまち尻を蹴とばされた。蛙のように前にのめる。ほんとうは蹴とばされたのではない。ピアノ線を巻きつけたフラッシュ・ライトが、ブーメラングみたいに飛んできて、腰のつがいにあたったのだ。だが、きみにはそれがわからない。ただ瞬間的に息がとまって、足が他人になったような気がした。

「助けてくれ！」

と、思わず声をふりしぼる。

「やりゃあがったな。」

頭上で、猪俣のふるえ声が聞える。

「お前なんかに用はないわい。せっかく逃がしてやろ思てるのに、この餓鬼ゃあ、聞きわけのないやっちゃ。」

どさっと、地響がした。きみのそばに、猪俣の顔が横になった。

「甘ったるい大阪言葉、つかってみせたからって、人間まで、甘く見ちゃあかんなあ、雨宮はん。あんまり怖がらしちゃ、気の毒だと思って、やんわりと出たんやが、いつまでも遊んじゃいられへん。覚悟はできてるだろうね。」

頭上の声が、標準語に近くなった。きみは両手をついて、膝で起きあがる。背の低い、横幅のある大阪野郎のからだが、目の前にあった。それが二百一リットルの電気冷蔵庫みたいに、どっしりと冷たく見える。

「待ってくれ。ぼくは雨宮毅じゃない。」

「往生ぎわが悪いな、社長はん。」

「ほんとなんだ。ひとちがいだ。雨宮毅じゃない。顔は似ているらしい。だが、赤の他人なんだ。信じてくれ。お願いだ。」

「けちないいのがれは、やめたほうがええな。わては、ゆうがた、あんたの会社へいって、この目でたしかめてるんやぜ。私立探偵やいうて、あんたの秘書にもあった。あずかってきた写真を見せたら、社長だってみとめたよ。」

「平野のいうことは、あてにならない。あいつもぐるなんだ。ぼくはやつらに無理やり、雨宮毅にされてしまったんだ。」

「……証拠があるのんか、あんたが雨宮社長じゃないという?」

「ある。東中野までいってもらえば、証拠を見せる。」

「東中野？　そこになにがあるねん。」

「ぼくの住んでいるアパートがある。ぼくの女房もいる。」

「ふん。」

やぶにらみの目が、ぎろりと動いた。

「なんぼ出す。」

「ええ？」

「こっちゃも商売や。話によっては、考えたるわ。」

「千円でどうです。」

「墓地で死んだほうが、淋しのうてええのんとちがうか。」

「じゃあ、二千円。」

小男は無言のまま、ピアノ線で輪をこしらえた。

「三千円！」

「まあ、そんなとこで、手をうつか。」

朽葉いろの皮手袋が、きみの顎の下でひろがった。きみは内ポケットから、紙幣挟《ビル・フォールダー》みをとりだす。千円札を三枚ぬいて、手袋の上にのせる。

「わいも間違ごうた相手をねむらしたんじゃ、看板に傷がつくよってな。」

きみは服の埃をはらいながら、立ちあがる。猪俣はまだ、あおむけに倒れたままだ。

「このひと、死んじまったんじゃ、ないでしょうね。」

「これから死ぬとこや。一銭にもならん仕事やけど、しゃあない。気色わるかったら、あっちむいとれ。すぐ、すむよって。」

「待ってください。このひとは、なんの関係もないんです。」

「なんぼ出す。」

「三千円。」

「まけとこ。ピアノ線で手足をしばって、そのへんの暗がりに、つっこんどくか。おれのアリバイは、ちゃんと出来たあるんやからな。」

小男はかばんの中から、ペンチをとりだす。きみは紙幣挟《ビル・フォールダー》みを、またとりだした。

「五千円紙幣《さつ》で、おつりもらえますか。」

「ああ、やるで。なんならもう千円増しで、しばるのは足だけにしとこか。どや、もういっちょ、気張らんか。」

きみたちをのせたタクシイは、日出町からトロリイ・バスの通りへぬけて、千歳橋をくぐり、西大久保さして疾走している。ピーター・ローレに似た男は、ソフトのへりに、やぶにらみを隠して、口もきかない。きみも黙って、窓ガラスを見つめている。左右の家並みに、灯はまばらだ。だが、ヘッドライトとテールライトが、十字砲火のように飛びちがって、音羽の通りみたいに暗くはない。とつぜん、きみたちのタクシイは、うしろのタイヤをはねあげて、急ブレーキをかけた。驚いてきみはいう。

「どうしたんだ。」

「びっくりさせやがら。猫が往来を横切ったんですよ。畜生でも轢いたら、あとあじ悪いですからね。」

と、運転手がいう。車はまた走りだした。

1:04 a.m.

きみはサミイのことを思いだす。鰺のムニエルかなんかにありついて、猫も器量のいいのは、気楽なものだ。けれど、いくらうらやましがっても、いまさらシャム猫には生れかわれない。それどころか、いまのきみは、千沙子のいいぐせではないが、木天蓼《またたび》か、鰹節なのだ。木天蓼。猫に木天蓼。あっときみは口走る。

「スリッパに、木天蓼が塗ってあったんだ！」

「スリッパで足袋《たび》が縫えるかい。気が変になったんとちがうか。」

と、ピーター・ローレがいう。

「いいえ、こっちのことです。」

たしかにそうだ。薬局で売っている粉にした木天蓼を、水でといてスリッパに塗りつけたにちがいない。バッド・シュールバーグの小説ではないが、なにがサミイを走らせたか、それは木天蓼のかおりだったのだ。猫の殺し屋のことを思いだして、きみは小声でつぶやいた。

「あんまり鈴置のことは笑えないな。」

「雑布で琴は洗えんて？　なにぶつぶつぼやいてる。気ちがいのまねしてごまかそ思ても、そうはいかんぜ。」

「いいえ、こっちのことです。」

鈴置は猫という猫が、自分を軽蔑の目で見る、といっていた。けれども、軽蔑の目か、尊敬の目か、人間にわかるはずはない。当人が、そう思いこんでいるだけなのだ。猫は鈴置を見てさえもいないのだろう。しかし、やつには自分を見ているような気がするのだ。それも、軽蔑の目で。

もっとも対象が猫だから、気ちがいじみて見えるので、これが人間相手の錯覚だったら、げんにきみも、きょう一日で、いやというほど経験したろう。みんながきみを、雨宮毅だと思いこんで、浜崎誠治だと思ってくれたひとは、すくない。この世は誤解と錯覚の海、といってもいいだろう。考えてみれば、きみだって例外ではない。鈴置という姓の頭のおかしな似顔かきと、きみが思いこんだ人物は、じつは蚤の神経麻痺の研究家で、ソルボンヌ大学から博士号を、贈られようとしている学者なのかも知れない。猪俣という超現実主義《シュルレアリスム》の油絵かきと、きみが信じこんだのは、そのじつ秘密映画のスターであって、次のテクニカラー作品のために、ゆうべ、ある箇所の毛を、まっ赤に染めたばかりかも知れない。千沙子という名の頭のいい娘と、きみが感心しているのは、名高い女高利貸で、彼女のために現にいま、一家心中しつつあるメリヤス工場主がいるかも知れない。ほんとのことは、わからないのだ。平野も、平野でないかも知れない。関谷も、関谷でないかも知れない。

そう考えたとたん、きみは思わず、どきりとする。関谷は、関谷でないかも知れない。雨宮商事の社員たちが、

「社長、おさきに失礼します。」

と、あいさつしたのも、きみに対してではないかも知れない。きみが関谷専務と思いこまされた人物が、ほんとの社長だったのかも知れない。ほんものの雨宮毅だったのかも！

そう考えれば、千沙子のいう、いちばん気になる偶然が、気にならなくなる。きみが専務の顔を見ても、ゆうべいっしょだったことを、思いだせなかったのが、不思議でなくなる。雨宮毅はゆうべから、関谷の家へ待避していたのだ。きょうは関谷の服を借りて、会社へ出てきたのかも知れない。きみのそばで服をぬぐようなことがあったとき、ネームが〈雨宮〉ではぶちこわしだから。

ほんものの関谷慶一は、《ラグタイム》の加代子と背の高さが、おなじぐらいだったという。きみの背たけも、加代子とおなじぐらいだった。きみとほんものの雨宮が、おなじ背かっこうだということは、雨宮の背広をきみが着ているのだから、わかりきっている。とすれば、関谷の服を、ほんものの雨宮が、着られないはずはない。きみのあった〈関谷専務〉の背広は、胴まわりがだぶついていた。ほんものの関谷は、

《ラグタイム》の女たちの証言によれば、肥《ふと》りぎみの男なのだから、だぶついていても、不思議はない。そのポケットに、《ラグタイム》のマッチが入っていても、不思議はない。それを不用意に、〈関谷専務〉がとりだしても、不思議はない。

きみと雨宮毅とは、背かっこうが似ているだけで、顔つきはぜんぜんちがうのだ。暗殺者よけの替玉には、そのほうが理想的にきまっている。きみはポケットから、アドレス・ブックをとりだして、Hの項をさがしてみる。平野雪彦／横浜市保土ガ谷区明神台公団住宅五十三号館三百四、と書いてある。社長室の記念写真は、やっぱり平野の小細工だったのだ。もちろん侑子も、ぐるなのだ。ことによると、あの女もエキストラなのかも知れない。さっきのフラッシュ・ライトのことを考えたって、おかしいじゃないか。あれだけ大きなしろものが、廊下のすみにぶらさがってるのを、住んでて知らないはずはない。

「宮園通りは、どのへんですか？」

とつぜん、運転手の声がした。はっときみは、われにかえる。タクシイはもう大久保の通りを走っている。きみはどうしようかと、とっさに迷った。ほんものの雨宮毅は、関谷慶一の家にいる。雑司ガ谷へひきかえそうか。けれど、不案内の土地でこのまま夜中に、家があっさり見つかるだろうか。それよりも、多島アパートへまずいって、雨宮毅でないことを立証したほうがいいだろう。

「バスの停留所でいうと、川添町の近くなんだがね。」

と、きみはいう。

「ああ、そうすか。わかりました。」

と、運転手の返事は、あくびまじりだ。車はブリキ缶みたいに鳴りながら、宮園通りへ入って、坂をくだる。多島アパートの裏口に通ずる露地が、近づいた。

「おい、ここでいい。」

「車賃はあんたが払うんやぜ。」

かばんをかかえて、先におりながら、小男がいう。

「わかってますよ。」

タクシイが走りさってから、きみたちは露地へ入った。多島アパートの裏口は、いつものようにあいている。そっと中へ入って、八号室のドアに手をかける。鍵がかかっている。きみは小声で、呼んでみる。

「雅子。」

返事はない。鍵穴に目をあててみる。雅子がいれば、寝てしまっても、スタンドの豆ランプはついているはずだ。それなのに、室内は暗い。

「まだ帰っていないんだ。」

「帰るまで、待っちゃいられんぜ。」

「わかってます。」

きみは九号室のドアを見る。鍵穴が、うっすら明るい。甚吉だけはいるのだろう。きみは声をつくって、ドアをたたく。

「鎌田さん、遅くなってすみませんが、《ジャンゴ》からきました。ちょっとあけてください。」

「おう。」

と、下痢をしたターザンみたいな声が、かすかに聞える。一分ぐらいたつと、鍵がガチッと鳴って、ドアに隙間ができた。

「女房からのことづてか。ご苦労さん。」

きみはアメリカ映画でおぼえた通り、あわてて閉められたときの用心に、靴のさきを室内に入れる。だが、ドアは隙間ができただけではない。いっぱいにひらいた。鎌田甚吉の首まで突きでた。それが踏みこむ気がまえのきみのおでこに、ごつんとぶつかった。一瞬、パラマウント映画のトレード・マークのように、きみの目の前に星が散った。

だ。

「おお、痛え。あわてるなよ。」

甚吉も額をおさえた。すかさず、棒縞のネルのパジャマの胸ぐらを、きみはつかん

「鎌田さん、ほんとのことをいってくれ。あんたは、ぼくを知ってるんだ。」

「なんだ。なんだよ、てめえは。」

「八号室の浜崎誠治だ。ほんとのことをいってくれ。あんたは金をもらって、ぼくを見たこともないなんて、いってるんだろう。ちゃんとわかってる。あんたはぼくの兄貴に、買収されたんだ。」

「なにをいやがる。ひでえいいがかりだ。離せよ。離せったら。」

甚吉はきみの手首をつかんだ。ひどく力がある。こぶしがたちまち、白くなる。だが、きみは十本の指に命を懸けて、青縞のネルにぶらさがる。

「ええ、そうだろう？　兄貴に買収されたんだ。浜崎紘太郎にだ。いくらもらった？　一万円か。二万円か。ぼくを知っている、といってくれ。お願いだ。あんたのひとことで、ぼくの命が助かるんだ。」

「うるせえな。知らねえものは、知らねえよ。てめえの顔なんか、見たこともねえや。」

「嘘つけ。きょうだって二度、あってるじゃないか。これで三度めだぞ。」

「だからよ。きょうあったのが、はじめてだっていうんだ。離せったら。」

甚吉はブルドーザーみたいに、両手できみをおしのける。きみは尻餅をついた。はね起きようとしたが、下半身の自由がきかない。

「おととい来やがれ。」

古風なせりふを吐いて、甚吉は部屋へ入りかける。ドアの外に残っている片足へ、きみはすがりついた。力いっぱいひっぱりながら、起きあがる。大きな音がして、甚吉は倒れた。きみはパジャマの襟をつかんで、背中にのぼった。

「この野郎！」

甚吉は両手をふりまわす。きみたちは一回転した。目の前に甚吉の顔が起きる。倒れたはずみに、あがり口にぶつけたらしい。鼻血が出ている。

「鎌田さん、いってくれ。ぼくを知ってるといってくれ。雨宮じゃない、浜崎誠治だといってくれ。」

「雨だか、坊主だか、知るもんか。なんにも、いうことなんかねえや。」

「鎌田さん。」

「うるせえ。」

甚吉の拳固が、飛びだした。その上には、きみの顎がある。関節が、ぐきっといって、口の中が塩からくなった。

「鎌田さん、お願いだ。」

ものをいうと、声が泡立って血が漏れる。顎はかっかっして、芥子の湿布をされたみたいだ。

「たのまれる筋あいはねえ。帰らねえか。」

甚吉の拳固が、こんどはきみの腹にめりこむ。肋骨が一本のこらず、逆立ちして、喉にささったような気がした。うっと呻いて、腹を押えて、ひょろっとのけぞろうとするきみを、甚吉がひきもどす。C・O・Dぐらい厚みのある平手が、きみの顔を往復する。おもしろいように殴ることが出来るので、甚吉は図にのったらしい。

きみのほうは、子どものとき、おふくろにひっぱたかれて以来の経験だ。あれは八百長に近かったから、ほとんど初めてといっていい。カツレツにされる前の、肉になったみたいな気分だ。からだじゅうが腫れあがった感じで、息も出来ない。頭がぼうっとしている。いちいち痛みをおぼえる段階は通りこして、もう耳鳴りがするだけだ。

声をしぼって、

「助けてくれ！」

と、叫ぶ。だが、ピーター・ローレは八号室のドアの前に、さげた帽子のつばの下で、にやにやおもしろがっているらしい。

「助けてくれ。」

「なんぼ出す？」

「千円。」

「あかん。もうひと声。」

「てめえ、ひとりじゃねえのか。」

甚吉はちょっと、うしろに気をとられた。そのすきに、きみは渾身の力を両手にあつめて、相手の胸を突きとばす。明るいほうへ、夢中で走る。だが、明るいのは、九号室の中だった。狼狽して、ひきかえそうとするきみの目に、たんすの上の大帆船が、蜃気楼みたいに映った。きみは靴のまま、畳の上へ飛びあがる。プラスティック・キットの海賊船に、手をのばす。

「おい、待て、待てったら！」

背後で、甚吉のおろおろ声がした。

「鎌田さん、こいつがめちゃめちゃになってもいいのか。」

「よくない。そいつにさわるな。」

「ぼくを知ってる、といってくれ。」

全長九十㎝の帆船を両手にかかえて、きみは戸口にむきなおる。甚吉は土間に、立ちすくんでいる。顔がまっ青だ。両手をわなわな、さしのばしている。

「し、知っている。」

「ぼくの名前を、いってみろ。」

きみは喘ぎながら、畳みかける。甚吉のうしろに、生きた凶器の立っているのが、大檣《メインマスト》と後檣《ミズンマスト》のあいだに見える。

「浜崎、浜崎誠治だ。おい、あぶない。落すな。」

「ぼくはどこに住んでる？」

「前の部屋だ。八号室だ。その、そら、斜檣《バウスプリット》がたんすにひっかかる。折らないでくれ。」

「なぜ、ぼくを知らないふりをしたんだ。」

「たのまれたんだよ。堪忍してくれ。」

「誰にたのまれた？」

「雅子さんに。」

「雅子という女は、ぼくのなんだか、いってみろ。」

「奥さんだ。ゆうべ、あんたの奥さんと、立派な男のひとがやってきた。あんたのためになることだし、ほんのいたずらだっていうから、ひきうけたんだ。」

「ぼくより、背の高い男だろう、円顔の？」

「うん、兄さんだっていっていた。」

「いくらもらった。」

「金なんか、もらわない。」

「嘘つけ。」

　きみは帆船をかたむける。

「わ、わかった。わかった。二万円もらったんだ。おどかされて、引きうけたんだよ。勘弁してくれ。」

「きょう、ぼくがやってきても、お前なんかは知らない、と白ばっくれろ。浜崎誠治なんて人間は、東京にいないことに三人がかりでしてしまえ、といわれたんだろう。」

「そうだ。その通りだよ。さあ、それをこっちに渡してくれ。」

「もう一度、ぼくの名前をいってみろ。」

「なんどでもいうよ。浜崎誠治だ。浜崎誠治。浜崎誠治。三月前から、このアパートで暮している浜崎誠治だ。」

「もういい、選挙じゃあるまいし。雨宮毅じゃないんだな。」

「そんなやつは知らない。あんたは浜崎誠治だ。さあ、早く渡してくれ。」

甚吉はおよび腰に、手をのばす。その上に大帆船をのせてやって、九号室からきみは出た。ドアがしまって、コンクリートの廊下は、うす暗くなる。

「これでわかったでしょう。」

ほっとして、腫れあがった頰を押えながら、きみはいう。緊張がゆるんで、からだじゅうが、針坊主《ピン・クッション》になったみたいに、痛い。頭の中では、シンバルが鳴りつづけている。目には、汚れたセルロイドのめがねが、かけられている。小男のうなずくのが、ぼんやり見えた。

「わかったら、帰ってください。ぼくはここで、女房を待ちます。」

きみは肩で息をしながら、壁によりかかる。小男の声が、いやに遠くから聞えた。

「雨宮のほんまもんは、どこにいるねん。」

「たぶん雑司ガ谷の、関谷というやつの家にいますよ。」

「いっしょに、いってもらおか。」

「まだわかってくれないのかなあ。ぼくはもう動けない。」

「だらしないやっちゃ。なんやね。あれんばかり殴られたぐらいで、へたりよって。」

やぶにらみは、きみの腕をつかんで、ひっ立てながら、裏口のドアを蹴りあける。

「ふにゃふにゃせんと、自分の足で歩きいな。」

「歩きますよ。無理いわないでください。なにしろ、はじめてなんだから、こんなに殴られたのは。」

きみはひょろひょろしながら、宮園通りへ出る。道路はがらんとして、暗い。もう月も、沈みかかっているのだろう。

「こんなに遅くなっちゃ、東中野の駅までいかないと、タクシイはないですよ。歩きましょう。すぐ近くだから。」

きみは勇をふるって、歩きだす。もう欲も得もない。横領犯人になってもかまわない。交番があったら、駈けこむ気だ。ふらふらしながら、環状線六号さして、歩いていく。午前二時すぎの宮園通りには、さすがにひとの影もない。遠くに支那蕎麦やがいるらしいが、行灯の火は見えない。車屋台の軋りも聞えない。ただへたくそな哨吶《チャルメラ》の音が、かすかに響いてくるばかりだ。

「おい、さっきのとこで車がとまったで。あれ、あくのとちがうか。」

うしろで、やぶにらみの声がする。

ここでタクシイに乗ってしまったら、どこまで曳《ひ》っぱりまわされるか、わからない。

ほんものの雨宮が、雑司ガ谷にいればいいが、最前のきみの電話に危険を感じて、逃げだしてでもいたら、たいへんだ。きみは覚悟をきめる。いきなり、そばの露地へ駈けこむ。馬鹿だな、きみは。まっすぐいけば、環状線へでる角に、交番があるのに。だが、もうしかたあるまい。走るんだ。露地から露地へ、走るんだ。痛むからだも、もつれる足も、考えている余地はない。頭の中で鳴りわたるシンバルに、ボンゴに、トライアングルに追い立てられて、ただもう頼りは気力だけ。走れ。走れ。きみを追い立てるのは、頭蓋骨のタム・タムだけではない。小男もあわてて走りだしたはずだ。しかし、うしろをふりかえってはいられない。走れ。走れ。走るんだ。からだじゅう、紅蓮の炎につつまれたような気がする。走れ。走れ。不動さまはよく平気でいられるものだ。走れ、走れ。カチカチ山の狸はさぞつらかったろう。走れ、走れ。息が苦しい。走れ、走れ。肺が喉から飛びだしそうだ。走れ、走れ。もうなんにも考えられない。走れ、走れ。ただ機械的に足を動かせ。走れ、走れ。東中野の駅のそばにも、たしか交番があったはずだ。

環状線六号へ、どうやら飛びだす。東中野の陸橋まで、道は坂になっている。それほど急なのぼりではないが、きみにはつらい。だが、やぶにらみが追ってくる。走らなければならない。

　とつぜん目の前に、白熱光がひろがった。宮園通りから曲ってきた一台の自動車が、坂のとちゅうでUターンして、ヘッドライトをあびせたのだ。けれどもそれが、見おぼえのあるシトロエンだと、気づく余裕はきみにない。

「誠治さん！」

　女の声が耳に入った。どこかで聞いたような若い声。

「逃げなくてもいいの、もう片がついたのよ、誠治さん。」

　シトロエンは、きみの前にとまった。運転席からドアをあけて、顔をだしたのは――千沙子ではないか。

「ほんものの雨宮毅は、死んじゃったわ。」

「死んだ？　雨宮毅が……ほんまか。」

　すぐうしろで、小男の声がする。

「ええ、雑司ガ谷の墓地の前で、自家用車に轢かれて――即死よ。」

　とたんにきみの膝関節が、がたがたにゆるんだ。歩道にすわりこんでしまう。シトロエンから飛びだした千沙子が、腋の下に手をさしこんで、支えてくれる。

「しっかりしてよ。もう大丈夫なんだから。あらあら、どうしたの、この顔。フランケンシュタインが、お多福風にかかったみたい。」

「鎌田甚吉に殴られたんだ。」

「ひどいことするわね。いま、あってきたばかりだけど、鎌田のやつ腕力をふるったなんて、いってなかったわよ。」

「そんなことより、雨宮が死んだってのは、ほんとか。」

「ほんとうだ。」

と、いったのは、紘太郎だ。シトロエンのうしろの座席から、大きなからだをおろして、近づいてくる。眉のあいだに、深い皺がよっている。

「お前からの電話で、これは失敗しそうだ、と思ったんだな。気の強いひとじゃないから、奥さんがとめるのも聞かずに、関谷の家を飛びだした。電車通りへ出たところを、轢かれてしまったんだ。」

「やっぱり、雨宮は雑司ガ谷に隠れていたのか。」

「そうなの。奥さんといっしょに。」

と、千沙子が口をはさむ。

「奥さんてのは、あんたを尾行したフォックスのめがね。このシトロエンは、雨宮の車なのよ。もっとも、侑子夫人しか、免許をもってないんだけど。」

「それじゃ、矢来にいたのは？」

「おれが東京で世話してる女だ。」

と、紘太郎がいう。その肩を、やぶにらみが叩いた。

「浜崎はん、いったいこれ、どういうことだす?」

「あんたには申訳けがないよ。それ以上に誠治には、あわす顔もない。ゆるしてくれ。しかし、おれとしては、こうするよりしかたがなかったんだ。」

「どういう理由で? これだけの目にあったんだから、聞かしてもらってもいいだろう。兄さん。」

千沙子の肩を力に、きみは立ちあがった。

「もちろん、聞かすつもりで追いかけてきたんだ。」

と、紘太郎はいう。

「けれど、こんなところへ四人もかたまっていて、パトロールにでも怪しまれるといけない。歩きながら、話そう。お前、大丈夫かい?」

「歩くぐらい、なんでもない。いま走ったことを思えば。」

「あたし、イグニションを切ってくるわ。」

千沙子はシトロエンに駈けもどる。きみは紘太郎に腕をとられて、歩きだす。多島アパートへ帰るのは、なんとなく不愉快だ。陸橋にむかって、坂道をのぼる。背中におぶさるように、やぶにらみもついてくる。

紘太郎は話しはじめた。

「ちょうど一週間前のことだ。雨宮社長を処分することに決定したから、写真を送ってよこせ、と大阪の本部から、おれのところへ連絡があった。」

「本部って、なんの？」

「それは、聞かないほうがいい。お前の身のためだ。雨宮社長は横浜に入った品物を、勝手に金にして、着服してしまったらしい。そんな真似をすれば、生きていられないのはわかってるはずだから、よっぽどの事情があったんだろう。雨宮さんには、先代にも毅さんにも、おれはひとかたならない義理がある。お前が大学を出られたんだって、半分は雨宮さんのおかげなんだ。」

「だから、ぼくが身代わりにされたのか。」

「出来れば、おれが殺されたかった。でも、そんなことをいったって、本部は聞いてくれやしない。警察に保護をもとめるわけには、なおさらいかない。切羽つまって、手もとにあったお前の写真を送ってしまったんだ。幹部は毅さんの顔を知らない。それで通ると思ったから。」

「ぼくが殺されたって、ほんものが生きてりゃ、じきにわかるじゃないか。」

「そのときゃ、おれが大阪へいって、命を投げだす覚悟ができてる。はなからいっても、だめに決ってるが、ひとり死んでりゃ、仲間への見せしめにはなるからな。そのあとなら、話はつく。このひとが、東京へ出てくる日どりがわかってから、おれはあわてて膳立てをした。お前の性格から考えて、この段どりなら、最後には雨宮さんの家へ戻ってくるだろう。と思ったんだ。いくらなんでも、かわいそうで、事情を打ちあけることは、出来なかったし。」

「このひとが、電話をかけてさえ来なかったら、ぼくは狐につままれたまま、あの世へいってたんだよ。それはかわいそうじゃないってんですか。それで助かったとよろこぶんですか、兄さんも雨宮毅も、関谷慶一も。」

「ほかのひとに罪はない。みんなおれにいわれた通り、動いただけだ。」

「丹波の笹山も——あの私立探偵も、兄さんが雇ったんですね。」

「お前が矢来へもどるのを、見とどけて、殺し屋に知らせるためにな。おれは雅子さんを、アパートへ帰さないほうがいいと思って、《ジャンゴ》へいってた。そこへ関谷から電話があったんで、女ふたりをつれて、雑司ガ谷へいってみると……」

「あたし、そのあとをつけてったの。ほんものの雨宮が死んだってわかったんで、浜崎さんにぶつかってみたのよ。」

と、千沙子がいう。

「関谷の家へは、あんた、来なかったっていうんでしょう。てっきり多島アパートだと思ってさ。シャカリキんなって、飛んできたの。猪俣さんが見えないけど、あの先生、どうした？」

「雑司ガ谷墓地で寝てるよ。手足をピアノ線でしばられて。どうにかもう、ほどいたかも知れないけれど。」

「かわいそうに。でも、これに懲《こ》りて、ほんとの事件に手をださなくなれば、しあわせかも知れないわ。」

「毅さんには気の毒だが、こうなって、かえって、やっぱり、よかったんだろうな。」

と、紘太郎はいって、やぶにらみに顔をむける。

「あんた、大阪へ帰っても、この内幕を黙っていてくれると、ありがたいが。」

「しかし、兄さん。ぼくはどうしてくれるんだ。」

と、きみが口を入れる。

「ぼくを裏切った女のところへ、帰って寝ろ、というんですか。」

「おれのところへ来ればいい。お前がつかいこんだ金は、芦屋のおじさんに助けてもらって、返しておいた。神戸へ帰って、出なおすのもいいだろう。」

紘太郎はまた、やぶにらみに顔をむける。

「こういう事情なんだ。これはおれの弟に間違いない。ほんものの雨宮毅が、交通事故で、死んだことにも、間違いはない。嘘だと思ったら、目白警察署に電話をかけてみてくれ。」

「墓場のわきで、ひとが轢かれたのは、わいも知っとる。弟さんのあとをつけて、あっちへいったとき、パトカアや、救急車がきてえるのを、見たからな。あれがそやったんやろ。しゃあかて、このまま、大阪へのこのこ帰ることも出けんで。」

「どうして？」

「わいも律気で通った男や。誰も殺さんのやったら、もろた金、返さんならん。」

「いいじゃないか。交通事故に見せかけて、やったことにしたら。」

「首いしめて、ねむらすのんが、わいのトレード・マークや。このまま帰るんやったら、金え返さんならん。そやけど、いったんぽっぽへ入れたものは、返しとないのが、人情ちゅもんだっしゃろ。」

「だから、どうだというんだ。」

「誰ぞねむらさな、しゃあない。わいはやっぱり、このひと殺すわ。」

小男の手から、すとっと黒いかばんが落ちる。と思ったときには、両手のあいだにピアノ線が、キラリと虹みたいな弧をえがいていた。

「誠治さん、逃げて!」

千沙子が、小男にむしゃぶりつく。

「なにすんねん、この餓鬼ゃあ。」

と、いう声を背に、きみは走りだす。やっぱり交番へ駈けこむよりしょうがない。

もう陸橋は目の前にある。だが、赤い灯はむこうだもとにも、見あたらない。きみは記憶ちがいをしていたのだ。中野警察署の巡査派出所があるのは、駅のこちらがわではない。新宿よりの、いわゆる〈あかずの踏切〉のがわなのだ。

きみは陸橋の欄杆にすがりつく。

「もう走れない。兄さん、助けてくれ。」

と、いったつもりだが、声になったかどうかは、わからない。首をねじまげると、目の前に、ずんぐりしたすがたが、コンクリート・ミキサーみたいに、大きかった。それが、ぐいとのけぞったのは、紘太郎が背後から組みついたのだ。ふたつのからだはもつれあって、橋のまん中へ踏みだした。

「ど阿呆! 邪魔すな。」

やぶにらみは紘太郎の胃を、肘でつきとばした。うっと呻いて、からだをこごめ、紘太郎はうしろへよろめいた。そのまに小男は、くるりとむきをかえる。

「ほたら、お前でもええわい。いくでえ。覚悟しいや。」

「これほどいっても、わからなけりゃあ……」

紘太郎は腰のベルトから、黒いものをひきぬいた。月が沈んで、空は薄墨いろだ。陸橋の上も暗い。だが、遠い街灯のあかりに、それは不恰好な拳銃らしく見えた。

「——なんじゃい。そなな子どもだまし、ぎょうさんに構えよって。」

「どうせ、おもちゃだよ。横浜で間にあわせて買った、しろうとのお手製だからな。銅のパイプにおもちゃのピストルのスプリングをつけたやつだ。怖がらずにかかってきたら、どうだい。」

紘太郎はじりじりと、反対がわの欄杆へよっていく。

「ふん、それでも弾が飛びだすのんか。」

「一発だけはな。」

昭和通りのほうから、象牙いろのリンカン・コンチネンタルが疾駆してきた。それが高級車の幽霊みたいに、陸橋の上を走りすぎる。一瞬、そのむこうがわで、ふたつのからだが、ぶつかりあった。ぶすっと鈍い音が、かすかに聞える。紙火薬のにおいが、鼻をついた。

たちまち、象牙いろの車体が通過したあとに、ふたりの男は、ひとつになって立っていた。抱きあって、男色《ゲイ》パーティのダンスの写真みたいに、動かない。

「一万円の単発拳銃だって、こうすりゃあ、ひとも殺せるんだ。」

紘太郎が、呻くようにいう。やぶにらみの膝が、がくっと曲る。大きなからだに、ぶらさがった恰好になった。紘太郎が、げっといった。相手の矮軀を押しつぶすように、大きなからだが、ぐらっと前に傾いた。

きみは欄杆にからだを支えて、茫然と立っている。千沙子はきみにすがりついて、ふるえている。きみの歯か、千沙子の歯か、おそらく両方だろう、がちがち鳴る音が、いやに耳立って聞える。きみは足を踏みしめて、千沙子ともつれあいながら、歩きだす。陸橋もふるえている。近づいてくる貨物列車の響に。

「死んでるの？」

千沙子がおそるおそるいう。きみは無言で、折重なって倒れているふたつのからだを、見おろした。

「どうしたら、いいの。どうしたら、いいのよ。」

「警察に知らせなけりゃ、いけないだろうな。」

「むこうに公衆電話があるわ。あたし、知らせてくる。」

千沙子は逃げるように、駈けだしていった。きみは欄杆に片手をついた。兄貴を殺し、やぶにらみを殺した人間たちは、このことを聞いて、なんと思うだろう。きっと顔をしかめるだけで、すぐわすれてしまうだろう。貨物列車が陸橋の下をくぐっていく。きみはその黒い背中に飛びおりて、泉岳寺を見られなかったのは残念だが、どこかへいってしまいたい、と思う。延延と貨車をつらねて、機関車は懸命に、このやぶにらみの現実から逃《のが》れだし、闇の胎内にもぐりこもうとしている。レールの継目をわたる車輪は、憂鬱なリズムの唄をくりかえしている。ふしをしっててつらいのはホームシックのブルースだ。ふしをしっててつらいのは、ホームシックのブルースだ。

ラングストン・ヒューズの詩は、木島始氏の訳を、許可を得て引用した。

「アダムと」七人のイヴ

Adam and 7 Eve

第1話　酸《す》っぱいりんご

通行税取立て門《つうこうぜいとりたてもん》——そんないかめしい訳語が、辞書には出ている。だが、いまでは軽く、有料道路の意味につかわれているらしい。「ターンパイクって、なんのことかしら」

と、女に聞かれたとき、高野栄二はこともなげに、そう答えた。このあいだ、別の女に聞かれたときには、返事ができなくて、あとでコンサイスをひいてみたのが、きょうの役に立ったのだ。

場所もおなじ、小田原のはずれだった。早川のてまえに、《箱根ターンパイク》という看板が、大きく出ている。正面の箱根の山に霧が立ちこめているところも、この前とおなじだった。古風な墨絵の雲みたいに、霧は渦を巻いている。車もおなじ、4ドアのまっ青なベレット１５００だった。友だちの沼田と小杉がいっしょのところだけが、この前とちがっている。運転は沼田にまかして、栄二はバックシートに、女とならんで腰かけていた。

「山に霧のかかったところが、古風な墨絵みたいなだけに、通行税取立て門と訳したほうが、ぴったりしそうだね」

と、栄二がいうと、女は期待したとおり乗ってきた。

「通ってみない？」

「ぼくも初めてなんだ」

ぬけぬけ嘘をつきながら、栄二は片目をしばたたいて、バックミラーに合図をおくった。沼田は軽くうなずいて、ハンドルを左に切った。国道一号線から左折して、早川にかかった橋をわたると、すぐ坂道が右曲りにのびあがっている。その途中に、トールゲイト（料金徴収所）があった。

「お代官《だいかん》さまに、通行税をお納めしろ」

浮かれぎみに栄二がいうと、大学でひところ、落語研究会に入っていたことのある小杉が、前のバケットシートから、調子をあわせてきた。

「かしこまった。百五十文らしうござる」

道は黒っぽいタール舗装で、右に早川を見おろしながら、急なのぼりがつづいている。沼田がスピードをあげると、女はシートに背中をぶつけて、腰を前にすべらせながら、笑い声を立てた。臙脂《えんじ》いろのシフト・ドレスは、ただでさえ膝うえ十センチちかい。セピアの模様入りストッキングにつつまれて、高貴な錦蛇みたいに狩猟本能をそそっていた太腿《ふともも》が、プラス五センチ強あらわになった。つまもうとしても、指がすべってしまいそうな皮膚が、ストッキングのはずれに、ショッキングにのぞいている。栄二は安心して、シートにおなじく首をそらした。ひょっとすると、タイツをはいているのかも知れねえぞ、と気にやんでいたところだからだ。

道に傾斜が感じられなくなると、左右に崖をそばだたせた。ところどころ崖が切れると、右には日本海のような小じんまりした杉木立、左には入りくんだ山のあいだに、曇り空と区別しにくい相模湖が見える。標高398mと書いた立て札が、右の窓をかすめていった。次の標高620mの立て札のあたりで、この前は霧になった。パーキングロットに車をとめると、雲のなかに浮かんだみたいだった。ふたりで宇宙を征服したような気分だね、というのが、そのとき使ったせりふだった。エンジンを切らずに、ヒーターを入れたままの車内で、バケットシートのずらしかたを教えてやりながら、抱きしめると、女は不器用に全身をこわばらせた。そのくせ、強引にスカートのなかを探ってみると、女のからだは、霧になでられた窓ガラスよりも濡れていた。ヒーターのそばにのばした足首が、赤く火ぶくれたようになったのさえ、女はあとまで気がつかなかった。

「すいてるわね」

と、いまの女が隣りでいった。追いすがる車も、すれちがう車もないのは、自分の権勢によるものだ、と信じたがっているような口ぶりだった。冷めたい微笑を浮かべて、栄二は答えた。

「シーズンオフで、おまけにウイークデイだからだろう」

「ずっとこの調子だと、ごきげんだな」

と、小杉がふりかえった。栄二からことこまかに聞かされた話を、頭のなかの録音機で、プレイバックしていたらしい。細いひとかわ目が、期待にかがやいている。モンキーダンス・コンテストの会場でひろった、というのは嘘ではなかったが、このあいだの女はもっと太って、鼻のあたまにニキビがあった。パンティの汚れていそうな感じが、みょうにアピールして、予期したとおり冷酷にあつかえたけれど、きょうの女とは比較にならない。こんなのがひろえるとわかっていたら、ふたりを誘うんじゃなかったな、と栄二はくやんだ。

「霧が出てきたぜ。宇宙飛行士の気分をあじわおうか」

と、沼田がいって、ハンドルを左にまわした。カーブにそって三角形に、小石だらけのパーキングロットがある。バウンドしながら、そこに乗りあげて車がとまると、急にすべての物音は遠ざかった。女は無邪気に、嘆声をあげた。

「静かねえ」

「ここなら、どんなに派手にモンキーを踊っても、だれも文句は——」

栄二はとちゅうで、口をつぐんだ。前のふたりが、うながすように振りかえったからだ。栄二はうなずくと同時に、女の腰に両手をかけた。女は窓に顔をねじむけて、こちらに背中を見せていたし、すんなりした小柄なからだは軽かった。栄二がかかえあげると、小杉が女の左手をつかんで、右の腋の下へ手をかけた。沼田は右腕をつかんで、ぐいとひいた。叫びかける女の口へ、小杉は自分の顔をぶつけた。栄二は女のからだをずりあげながら、ばたつく二本のストッキングのあいだへ、両足をわりこませた。

「おい、早くしろ。次はおれだぞ」

沼田がうわずった声でいいながら、女の肩ごしに片手をのばして、腰の上にできたシフト・ドレスのたるみをつかんだ。小杉が女の顔に顔を押しつけたまま、ううっといった。肯定か抗議かは、わからなかった。懸命にシフト・ドレスをひっぱりあげながら、沼田はつづけた。

「早くしろったら！　なにをぐずぐず——」

女の腹にまわした左手の甲が、バケットシートの角に押しつけられて、ものすごく痛むのを我慢しながら、栄二はいった。

「ズボンのチャックがおりないんだ」

「馬鹿だな。早くぬがしちまえよ、早く」

シフト・ドレスの裾が、顔を逆なでするのをさけて、栄二は首をたらした。下目づかいの寄り目をすると、やたらに手のこんだ飾りがついていて、そのほかの部分はほぼ透明なピンクのパンティが、見事な肉の両半球にくいこんでいるのが見えた。右手の指を、ゴムの部分にねじこませると、女がもがく、女がもがくと、穴があくかと思うほど、左手の甲が痛む。寄り目のつかれと、その痛みが重なって、栄二は涙をこぼしながら、右手でゴム紐をひっぱった。やっとのことで、布地の裂ける音がした。ほっとした瞬間、栄二の涙にくもった眼は、はげしい光りを感じとった。同時に、ドアのあく音がした。あっ、と叫ぶ声も聞えた。

叫んだのは、小杉だった。小石が頸にあたったからだ。その声におどろいて、ドアのほうをむいた沼田の顔にも、小石がとんできた。それは、右の目にあたった。するどい痛みに、片手で目をおおいながら、残った片目で見まわすと、フロア・レバーのわきに落ちているのは、小石ではなかった。角砂糖だ。いや、厳密にいえば、婚礼の引出物なんぞにする薔薇のつぼみのかたちをしたピンクの小さな砂糖だった。そのとき、ドアの外から声がかかった。笑いをふくんだ女の声だ。

「出ておいでよ、甘ちゃんたち」

栄二は涙をぬぐって、目をひらいた。裸のヒップが、ちぎれたパンティをぶらさげて、依然として鼻さきにあった。ちょうど抱えかげんのその尻に、臙脂のドレスのあざやかな幕が、いまおろされるところだった。ヒップの皺をなでながら、女はすずしい顔でふりかえった。

「ご苦労さま」

おもしろそうに囁いてから、ドアをあける。外にはフラッシュ・ガンをつけたカメラを手に、別の女が立っていた。その女だけではない。いつの間にかベレットは、女たちにかこまれていた。最初からいたひとりも加えて、ぜんぶで七人。服装と身長はまちまちだが、均勢のとれたからだと、生き生きした顔をならべている。レザーコートにスラックスのいちばん年長らしいのが、右手でまだ片目をおさえている沼田に、声をかけた。

「ついでに車検を持って、出てきてね。あんたがたのうちのだれの車なの、これ？」

鼻の下から頬へかけて、口紅をこすりつけた顔のまま、小杉はもう車外に出て、女たちを見まわしていた。あざやかなカナリヤいろのタートルネックのセーターをきた女が、ゴルフのウッドを一本もって、パーキングロットのはじに立っている。その動きを小杉は見て、おびえたような声をあげた。ウッドの握りをねじっていたかと思うと、女の右手が大きく動いた。握りは針のように鋭く、長い剣になって、宙を走ったと見る間に、もう左手につかんだウッドの鞘にもどっていた。同時に崖からそぎとられた茶いろい雑草が、小杉の頭に雨のようにふりかかったのだ。

ドアをあけはなしたベレット1500のそばに、三人は茫然《ぼうぜん》と立っていた。車とおなじような青い顔だ、栄二があげると、沼田も小杉も、おなじく青い顔をあげる。出るものは、ため息ばかりだ。

そのとき、トランペットの音がひびいて、霧のなかから、まっ赤な車があらわれた。ひびいた音は、クラクションだった。トランペットを組みあわせたミュージック・ホーンで、《ゴールドフィンガー》の出だしのメロディを、吹きならすようにつくってあるのだ。それも派手だが、車はもっと派手だった。細長いロードスターだが、真紅のボンネットの両側から、エグゾーストの蛇腹パイプが銀いろにうねり出ていて、クラシカルなおもむきを添えている。それもそのはずで、コッフィン・ノーズ（棺桶鼻）と呼ばれる細長いボンネットに、ラジエターシェルの代りについている水平ルーバーといい、セパレートのフロントフェンダーに嵌《は》めこまれた回転式のヘッドライトといい、スタイルはたしかにアメリカの名車のひとつ、一九三七年型のコード812だった。

けれど、当時のものとしては新しすぎるし、全長も五分の一ほど短かいようだ。プラスチック・ボディにシボレー・コルベアのエンジンを使って、六五年にリバイバル生産されたコード・スポーツマンにちがいない。よほど物好きな金持ちが、手をつくして取りよせたものだろう。とすれば、運転しているのは、オールド・プレイボーイの雛形《ひながた》のような人物のはずだった。だが、小石の上に乗りあげて、パーキングロットに入ってきた車から、立ちあがったのは若い男だ。縄編みの分厚いラクダいろの丸首セーターに、洗いざらしのジーパンという無雑作なすがたで、身軽にドアをおどりこえると、呆気にとられている栄二たちに近づいて、

「見事にやられたじゃないか。ワンラウンドでノックアウトってところだな」

短めの髪は、ヒステリー女にかきむしられたあとみたいだったが、浅黒い顔に貼り

ついたような黄いろいサングラスは、ソラモールの最高級品だ。うすい唇のあいだから、白い歯をのぞかせて、

「車まで動かなくされたらしいね？」

「潤滑油のなかへ、角砂糖をぶちこまれたんですよ。走らせたら、たちまちクランク・シャフトが焼きついちまう」

と、怨めしそうに沼田がいった。

「ガソリンへ入れるより確実だし、ローター、配電子を抜きとっておくより、あとの始末に骨が折れる。そこを狙ったとは、意地の悪さも本物だな。悪党きどりで、ガールハントなんかするからだよ」

「あの女も、そういってました」

と、小杉が低い声でいった。

「なっちゃいないぜ。きみたちが横浜のレストランで、あの小娘をひっかけた気になってたときから、ずっと車二台でつけてたんだよ、アマゾンたちは——そのまたあとに、ぼくがくっついてたのは、気づかなくても無理ないとしても」

「お説教はけっこうです。電話のあるとこまで、乗せてってください」

とげとげした声で栄二がいうと、男は好意の微笑らしいものを浮かべたまま、ごく

あっさりと、

「ごめんだね。事故の報告だけは、トールゲイトでしといてやるよ。写真も奪りもどしてやってもいいな」

「え？」

と、栄二は聞きかえした。

「暴行現場の写真を、撮られたんだろう？　おやじさんに見せると脅かされたのか。フィルムをいくらで、売るといった？」

「三人で十万円、出せって」

吐息とともに、小杉がいった。

「安いくらいだが、学生のきみたちにゃあ、頭痛だろうな」

「ぼくはもう、卒業しました」

と、栄二が胸をそらした。それを聞きながして、男は片手をさしだした。

「免許証を見せてもらおう。身もとを確認しとかなきゃ、あとで連絡がとれない」

「奪いもどしてくれるんですか、あの写真を」

「ほんとうに？」

運転免許をとりだしながら、栄二と沼田があいついでいうと、男はこともなげにいう

なずいて、

「失敗したら、このコードをやるよ。そんじょそこらにある車じゃないぜ」

「あなたの名前は？」

栄二が聞くと、男はふたりの免許証と小杉の学生証を、一瞥《いちべつ》しただけで、それぞれに返しながら、

「鐙《あぶみ》一郎。馬につけるあぶみだ。でも、きみたちに同情したわけじゃないよ。半分は、おたがい男だ。小癪《こしゃく》な女どもを、のさばらしたくない共通意識。あとの半分は――」

鐙一郎と名のった男は、真紅のロードスターに戻りながら、

「さっき、あんまり近よれなかったんで、ぼくも写真を見たいのさ」

と、ひらりシートに飛びこんで、

「きみたちが三人がかりで、小娘ひとり、どう扱かったかを、つくづくとね」

霧を吹きちらすような爽快な笑い声をひびかせながら、コードをバックさせると、
鐙一郎はブラックトップの道路を、猛然と走りさった。


ひと目につきやすい真紅のコードは、伊豆半島を南下して、その晩、下田のホテル

の駐車場に入っていた。七人の女が分乗してきたルノー・カラベルとプリンス・スカイライン2000も、おなじ駐車場にならんでいた。

この三台の車が、あくる日の正午ちかくには、石廊崎《いろうざき》の断崖へのぼる坂道の下の広場にならんでいた。きのうと違って、空はクレヨンで塗りつぶしたように晴れわたっていたが、その代り風が強かった。鐙一郎の髪の毛は、雑草みたいに逆立っていた。白いずんぐりした灯台の下の岩場に、一郎はしゃがんでいる。崖にうがった石廊権現《いろうごんげん》の祠《ほこら》の上にあたる場所で、ねじくれた樹木と社へくだる石段のむこうに、太平洋の波浪が見おろせる。一郎はサングラスの代りに、小型の双眼鏡を目にあてていた。十倍のトリノヴィドで、カメラのライカをつくっている西ドイツのライカ社の製品だった。

双眼鏡のレンズは、裏石廊崎《うらいろうざき》の海につきでた岩山のひとつにむけられていた。石段のむこうの足場もろくにない急な崖を、いったん海までくだりきって、泡立った白い波がいまにもかぶさりそうな岩場を渡ると、その岩山にたどりつける。灰いろがかった岩は、風と浪とに洗われて、軽石みたいに穴だらけだ。草一本、はえていない。その岩塊のはずれ、ただ一面の太平洋が風にもまれて、しぶきをあげる崖の上に、赤いものと黒いものが動いていた。

赤いのは女のコート、黒いのは男のジャンパーだった。双眼鏡の輪のなかには、ふたりの姿がはっきり見えた。唇の動きまで、読みとれるほどではないけれど、赤いコートを羽織っているのが、きのうのシフト・ドレスの女であることは、識別された。強い風がもろに吹きつけて、立っていることも、上半身を起していることも、できないらしい。岩の上に横ずわりに、裸の足を思いきりむきだして、両手は前についている。男のほうへ首をむけて、大きく口をあけしめしているのは、よほど声を張らないと、喋《しゃべ》った言葉が風に吹きちらされてしまうのだろう。黒い革ジャンパーの男は、もちろん、きのうの三人のどれでもない。

「若いってのは、うらやましいね。どんな美人にさそわれても、あんなところへいく元気はないな」

カメラをさげた中年の男が、脳天の禿《はげ》を見せながら、すぐ下の石段をおりていった。つれも、EEカメラをさげた中年男だ。ひどく瘠せて、鬢《びん》に白いものが目立っている。

「ぼくなんか、あすこまでいかないうちに吹きとばされちゃうな、きっと」

「スリルを満喫しながら、ガールフレンドをくどいてりゃ、風なんか屁《へ》でもないんだろうよ」

一郎は微笑して、トリノヴィドをまた目にあてた。女は中腰になって、男のほうに手をのばしている。赤いコートが風にあおられて、炎のようにひるがえった。シフト・ドレスが貼りついて、胸から腿へのからだの起伏を、裸にしたようにうかがわせている。男は目にかぶさる長髪をはらいのけながら、大きく口を動かしていた。一郎はジーパンのヒップポケットに、双眼鏡をおしこむと、無雑作《むぞうさ》に石段にとびおりた。

灯台附属の建物が、道をはさんで建っている。その白い塀のそとに、白っぽいレインコートをきた女が、望遠レンズをつけたカメラで、眼下のカップルをねらっている。一郎は石段の手すりをひとまたぎすると、やたらにシャッターを切っている女のそばへ、足音をころして、歩みよった。

「ご精がでますね」

いきなり声をかけると、女はびくっと肩を波うたせて、カメラを胸にかかえこんだ。

「しかし、よっぽど腕がいいんだな。男がだらしないだけのことかも知れないけど、きのうもひとり、きょうもひとり――」

「あなたにどこかで、紹介されたかしら」

と、女はいった。髪の長い、めがねの似あいそうな顔立ちだった。

「これからだ。ぼくは鐙一郎。馬につけるあぶみさ。あなたは？」

「イヴ」

紅をつけていない口もとに、小さな微笑がきざまれる。一郎は海のほうを指さして、

「あそこで、風に吹かれてるお友だちは？」

「イヴ」

「同名異人というやつか。きのう、ゴルフ・クラブをふりまわしてたお嬢さんは？」

「イヴ」

「ねえさん株のひとがいたね。あのひとは？」

「イヴ」

「ひょっとすると、みんなイヴなんじゃないかな？」

「そう」

「イヴばかりで、アダムはいないの？」

「探しているのよ、それを」

「アダムをかい？」

「そう」

七人のイヴのひとりは、肩からさげた白い革のバッグへ、望遠レンズをつけたままのカメラを押しこむと、塀ぞいに歩きだした。一郎はやりすごしてから、白い背中に声をかけた。

「酸《す》っぱいりんごだ、男にすすめて、楽しいかな？」

「女をだますの、おもしろいそうね」

「だまし方によるよ」

「そう。だまし方によるわね」

「あの岩の上の男は、どんなだまし方されてるんだろう？」

「さあ。いって聞いてみたら」

女はふりかえりもしないで石廊権現の祠へむかって、軽やかに石段をおりていった。

一郎もそれにつづきながら、

「いずれ恥をかかないために、お金を払うことになるんだろうな、あの男も」

「お金って、便利なものね」

「便利なものをかきあつめて、女人王国でも建設するのかい？」

「島を買うの」

石廊権現の祠へくると、女は賽銭箱《さいせんばこ》の前へはすすまずに、白茶けた木の欄干《らんかん》にそって、崖の中腹の細い道を右にすすんだ。欄干のとぎれたところは、海につきでた岩鼻で、尖った岩をひとまわりすると、そこが石廊崎の突端だった。

「島を買う！」

と、問いかけた一郎の声は、風にさらわれた。女はレインコートをはためかせて、走るように岩のむこうに駈けこんだ。岩鼻へでると、鼻も耳もちぎれそうな風だった。一郎は息をつめて、岩をまわった。突端にはハガキ一枚ほどの平地があって、以前、有料望遠鏡がのっていたらしい鉄の内柱が、ぽつんと立っている。女はそれによりかかって、長い髪をなびかせていた。

「あぶないぜ」

と、一郎はいった。一歩とすこしあとへさがれば、遙か遙かの下に荒波が待ちかまえている空間だった。水平線は、女の頭の上にある。だが、平気な顔で、女はいった。

「島を買ったら、独立できないかしら？」

「ポピュレイション・セブンじゃ、無理だろうね。たとえ、日本国外でも」

「でも、アダムを育てることはできないわね」

「原料を供給するものがいれば——だな。きみたち、それほどぼくらに見切りをつけてるのか？」

「男性側の弁護をしにきたの？　鐙さん」

「用はほかにあったんだ。きのう、きみが撮った写真、ぼくにくれないかな」

「フイルムはまだ、カメラのなかよ」

女はわきにさがったバッグを、片手でさわった。上半身が右にまわりかけて、足もとが乱れた。なびいた髪にひっぱられたように、ふわっと女のからだがのけぞった。一郎は声をあげて、女のコートに手をのばした。けれど、つかんだのは空間だった。風でからだが、浮いたような気がした。落ちなかったのが、不思議なくらいだった。鉄の円柱に片手ですがって、一郎はからだを一回転させた。その鼻さきに、女がいた。望遠鏡の名ごりの台座をはさんで、ふたりの位置は入れかわっていた。女はバッグに片手を入れて、

「カメラはここ。あげましょうか？」

しかし、右手といっしょに出てきたのは、カメラではなかった。三脚《さんきゃく》だった。いや、三脚の一本だけだった。その短かい黒い棒が、一郎にむかってさしだされると同時に、バネのゆるむような音がした。ばしっと唸って、三段に畳みこまれていた銀いろの脚がのびた。その尖端は、正確に一郎の胸にむかって、飛んできたのだった――

解説――泣きだすまいとがんばって、ぼくは口をひらいては笑うんだ。

法月綸太郎

一九六〇年九月、東京。酔いつぶれた翌朝、見知らぬ部屋で目覚めると「きみ」は別人になっていた。昨日までの「きみ」＝浜崎誠治は人々の記憶から消え、会ったこともない人たちが「きみ」を会社社長の雨宮毅だという。いったい自分は何者なのか？　継ぎはぎされた時間の中で、「一人称のわたし」を失った男のあてどない自分探しが始まる。

一九六一年に中央公論社から刊行された『やぶにらみの時計』は、都筑道夫の「最初の書きおろし長篇推理小説」であり、推理作家としての「再デビュー作」である。

それ以前の都筑の経歴に触れておこう。最初のデビュー作は一九五四年の伝奇長篇『魔海風雲録』で、これは二十代前半、講談速記本のリライトや時代小説を量産していた時代の総決算として書き下ろされた。高橋克彦は『都筑道夫コレクション　魔海風雲録〈時代篇〉』に寄せた解説「文体の秘密」で、当時の都筑の文体についてこう記している。

> この作品を書かれる前の数年、センセーは海外の推理小説の翻訳を手掛けて暮らしておられたと言う。創作は時代小説を軸として、同時にミステリーの翻訳をするなど、ちょっと考えられないことだが、それがこの文体の完成に与《あず》かっているのではなかろうか。特に他の部分は翻訳調の明晰《めいせき》でいて平易な描写と、講談本の畳み掛けるような文章の繋がりで成り立っている。

その後、本腰を入れて英語を習得しフルタイムの翻訳家に転身した都筑は、一九五六年に早川書房に入社。日本語版「エラリイ・クイーンズ・ミステリ・マガジン《EQMM》」の編集長として活躍するが、一九五九年にフリーになり、児童向けミステリや海外名作のリライト、漫画の原作などを精力的に執筆した。一九六〇年の夏、東京新聞社の講演会に招かれて海外ミステリについて話した際、旧知の編集者に長篇ミステリの執筆を打診され、本書の執筆に着手したという。

二人称形式という前衛的な文体、真鍋博のイラストを各章の小見出しに用いるなどモダンな作りが目立つが、作者の念頭にあったのは移りかわっていく東京の姿を書き残したいという古風な考えだった（「8：50 p.m.」に出てくる「化物屋敷のような二階屋」は実在したらしい）。作中の時代設定は一九六〇年のローマ・オリンピック期間中で、東海道新幹線も首都高速もまだ開通していない。当時の心境について、都筑の自伝にはこう記されている。

私の作風は、住人が立ちのいたあとの、古めかしい二軒長屋から、生れたということに、なるのだろう。町の風景を、奇抜なストーリイを語りながら、描写していく。主人公といっしょに、読者も東京のあちこちを、歩いているような気分にさせる。そんな小説を書く、という方針がまずきまって、作者の立場はバス・ガイドだな、と思ったとたんに、実況放送という言葉が、頭に浮かんだ。フランスのヌーヴォー・ロマンが、話題になりはじめていたときで、翻訳も出はじめていた。そのひとつに、二人称で書いたものがあった。

主人公を、きみ、と呼んで、読者と同化させながら、ストーリイを進行させていく。その手法は、実況放送スタイル、といってもいい。サスペンス・ストーリイを語るには、もってこいの手法だろう。最初の書きおろし長篇は、もう出来たも同然だ、と私は思った。技法と背景をえらぶことから、いまも私は小説をつくっていくが、その癖はここで、はじまったのだった。

（『推理作家の出来るまで　下巻』より「銀杏並木」）

「ヌーヴォー・ロマン」とは、第二次世界大戦後のフランスで発表された前衛的・実験的な小説群の総称。アンチ・ロマン（反小説）と呼ばれることもあり、都筑と親しかった文学者の福永武彦は「特にフランスの反小説と呼ばれるジャンルの作品、例えばミシェル・ビュトールの『時間割』やアラン・ロブグリエの『消しゴム』なんかは、まさに探偵小説的方法による純文学と呼ぶことが出来よう」（「クロスローズ南方の百姓家の方へ」／「ＥＱＭＭ」一九六〇年一月号）と述べている。「二人称で書いたもの」というのは、そのビュトールが『時間割』の次に発表した長篇『心変わり』（一九五七）のことだ。

『心変わり』は一九五九年、清水徹の訳で河出書房新社から出版された。結婚生活に倦怠感を抱いた「きみ」は妻子のいるパリから、恋人の待つローマへ夜行列車で向かう。その道中を二人称で描きながら、主人公が「ある事態をしだいに意識してゆく過程」を浮き彫りにする小説である。列車といえば、本書には「ハーレム・ルネサンス」の中心となって活躍したアメリカの黒人詩人ラングストン・ヒューズ（一九〇二－六七）の「ホームシック・ブルース」の詩句が引用されている。都筑がこの詩句を選んだのは原詩に響く鉄道の車輪のリズムを、『心変わり』へのオマージュに重ねようとしたからだろう。

ちなみに『やぶにらみの時計』と同年の十月には、やはり二人称で書かれた倉橋由美子『暗い旅』（東都書房）が刊行されたが、同書をビュトールの「模造品」と批判した江藤淳と倉橋の間で論争が繰り広げられたという。当時の日本の小説界にとって、二人称形式というスタイルがどれほどインパクトがあったかを物語るエピソードだと思う。

ただし再デビューを目指していた都筑道夫にとって、この二人称スタイルは「船来の模造品」や目先の流行を追った「形式への挑戦」とは、やや方向性が異なっていたように思われる。というのも後年、佐野洋との間で行われた《名探偵論争》の中で、都筑は次のように洩らしているからだ。「新聞あるいはテレビにかわるものとして、シリーズ・キャラクターを、私と『事件』のあいだにおいたものが、好きなのです。マスター・オブ・セレモニーがいないと、安心できない、といったら、もっとわかりやすいでしょうか」。都筑の言うマスター《M》・オブ・セレモニー《C》は、シリーズ・キャラクターに限らない。むしろ本書のような「バス・ガイドとしての語り手」こそ、司会者・番組進行役を担当するMCの本来のあり方に近いのではないか。

MCのいる「実況放送スタイル」には、読者を主人公と同化させてサスペンスを盛り上げる以外にも利点がある。主人公の知りえない事実でも自由に語れることだ。都筑道夫といえば博覧強記のペダントリー、無類の蘊蓄《うんちく》好きとして定評があるけれど、本書ではその利点が最大限に活用されている。「だから、その博学が意表をつく表現と巧みに結びついたときや、一つの物事の価値判断に役立つ知識である場合には、そのすべてが都筑道夫の個性的な刻印を受けて光り輝く。たとえば、『やぶにらみの時計』、そして『三重露出』のペダンティシズムが独特の魅力を発散させるのはそんな時だ」（権田萬治「都筑道夫論――華麗な論理の曲芸師」）。特に本書では、都筑のペダンティックな語りが「きみ」を取り巻く世界のよそよそしさと不条理さに加担して、「きみ」の疎外感をいっそう深める効果を上げている。

ここで当時の作者について考えてみよう。講談速記本のリライトと時代小説から出発した若き日の都筑道夫は、落語・講談・浪曲といった大衆話芸の豊かな伝統を創作のリソースにしていた。一方、翻訳家として、また早川書房の編集者として、モダンな海外ミステリ紹介の最前線に立っていた都筑は「日本の推理小説は、英米に比べて四半世紀遅れている」という発言で、物議をかもした張本人でもある。

繰り返しになるが『魔海風雲録』の時点で、都筑は「翻訳調の明晰でいて平易な描写と、講談本の畳み掛けるような文章」を両立させていた。しかし、その後の翻訳・編集者時代の経験を通して、文体に対する都筑のセンスは大幅に更新されている。自分の育てた新しい海外ミステリ読者の目も肥えてきて、数年前と同じ文章では古臭いと言われるかもしれない。伝統話芸の豊かなリソースが小説家としての最大の武器だという自覚はあったはずだが、それをどのようにアップデートすべきか、ずいぶん悩んだのではないか。

ところで、講談の世界では、講釈師が自分の体験したエピソードや、本で読んだ豆知識などを客に余談として聞かせることを「引きごと」と呼ぶそうだ。都筑道夫のペダントリーもその延長線上にあるわけだが、筆者もここでちょっと羽目をはずして「引きごと」の真似をしてみよう。文芸評論家の千野帽子が要約した「語りの擬似透明性の短い歴史」によれば、江戸時代までの物語文芸は、当然のことながら講釈師的な語り手をつねに抱えていたという。ところが明治以降、日本の小説もフローベール以降のモダンな語りを咀嚼《そしゃく》して——特に私小説というジャンルの技法的モダンの普及を通じて——小説言語の透明さと心理的臨場感主義との結託《けったく》を推し進めていった。

では「講釈師」としての語り手は絶滅したのか。そんなことはありません。時代小説をはじめとする大衆小説は、講釈師としての語り手を温存し、それをパワーの源としていました。探偵小説においても、江戸川乱歩や横溝正史は戦前戦後をつうじて、嘘臭いと言われようが絵空ごとと罵《ののし》られようが、アオリ文句の多い「でしゃばりな語り手」を多用して、豊かな語りの伝統を守り続けたのです。（中略）

モダンな透明な語り手はしかし、一九五〇年代後半からはエンタテインメントの分野にも進出していき、それ以前の講釈師としての語り手を追い払ってしまいます。物語世界と読者とのあいだに語り手が媒介者として存在することを忘れさせ、語りではなく事象《できごと》そのものの前に臨場するかのように読者に錯覚させること、これがエンタテインメントの至上命令となりました。

（「不透明な語りの自由——文學少女のための奥泉光再入門」）

『やぶにらみの時計』の二人称は、「モダンな透明な語り手」が「講釈師としての語り手」を駆逐する、まさにこのタイミングで出現したことになる。千野は国産エンタテインメントにおける「モダン」の開拓者として松本清張の名を挙げているが、都筑道夫が雌伏《しふく》の時を過ごしていた五〇年代後半は「清張ミステリー」の台頭期にほかならない。

　こうした時代の変わり目に、モダンなミステリ作家として再出発した都筑は、二刀流のいいとこ取りを狙ったようにも見える。その際、媒介者としての「でしゃばりな語り手」を透明化し、事象《できごと》そのものの前に臨場するかのように（＝実況放送）読者に錯覚させる「舶来の最新テクノロジー」として、二人称というスタイルが選ばれた。相当のプレッシャーがあったはずだが、この選択によって、元「ＥＱＭＭ」編集長という先進的な顔と、古風な伝統話芸のリソースを両立させるめどが立ったということである。

　二人称の陰に「講釈師としての語り手」を潜ませる裏ワザの実践としてわかりやすいのは、最初の章で「きみ」が新宿行きのバスに乗るまでの道順を説明するシーンだろう。主人公は上京して三か月という設定で、東京の地理には明るくない。その足の向かう先をマップ化するくだりは、ナニワブシ（浪曲）の「道中づけ」の応用なのだが、都筑道夫という語り手は「5：13 p.m.」の章のタクシイ運転手の口を借りて、その手の内まで明かさずにはいられないのである。

実はこうした方法論は、それ以前にも密かに試されていたように思う。『やぶにらみの時計』の語り手は、カート・キャノン・シリーズの翻訳の前口上「おれか？　おれはなにもかも失って、おちぶれはてた私立探偵だ」が書かれた時、「おれ」と読者の間ですでにその半透明な姿を見せていたのではないか。MC、すなわち媒介者としての語り手とは、また同時に翻訳者であり、編集者でもあったはずなのだから（児童向けミステリの「です・ます調」の語りと「音読」の影響も無視できないが、今回は省略）。

別の意味で興味深いのは物語が進むにつれて、語り手のかわりにMC役を買って出る人物が現れ、その分語り手の饒舌《じょうぜつ》も控えめになって、徐々にアクション小説に近い文体へ移行していくことである。「6：09 p.m.」の章で、「モヒカン男」と「蜥蜴《とかげ》女」が本書と類似したシチュエーションのミステリやSFを次々と挙げていく場面は、都筑道夫のペダントリーと自己言及癖が最高潮に達して一行も目が離せないけれど、そこを過ぎると「きみ」も二人称叙述の引力から解き放たれて、一般的な視点人物らしい振る舞いをするようになる。

この小説の読みどころのひとつは、解決篇の説明臭さをどこまで解消できるか、というテクニカルな実験が行われていることだろう。これは慣れ親しんだ「講釈師としての語り手」をどこまで消せるかという試みでもあるけれど、そのせいか事件の背景や人間関係にかなり曖昧な部分が残されていて、特に主人公の兄・紘太郎の行動は不可解だ。わかりにくいのは、そこに作者自身の複雑な心情が投影されているからではないか。

都筑は前記の自伝で「私が推理小説を書くようになったのも、落語家の兄の影響だ」と明かしている。一九五五年、二十九歳の若さで病没した落語家の次兄・鶯春亭《おうしゅんてい》梅橋《ばいきょう》のことで、その後もずっと故人へのコンプレックスに悩まされていたようだ。時代小説作家から推理作家の道に進んだのも、単に影響というだけでは片づけられない、受身（の進路選択だった）という意識があり、「不服なわけではなかったが、いささかの抵抗はあって、私の心の底には、落語家の兄に対する憎しみも、あったように思う。兄が生きているあいだ、私はいくらすすめられても、推理小説を書こうとしなかった」（『推理作家の出来るまで　下巻』より「雑誌を裂く」）という。都筑道夫の「再デビュー作」が兄の死と向き合うための「喪の作業」だったとすれば、別人にされかかった受身の男が自分を探して彷徨する物語になるのも当然のことではないだろうか。

旧い自分と新しい自分に引き裂かれ、どっちつかずな不安と焦燥を抱えながら、居場所をなくして見知らぬ場所をさまよう、未だ何者でない主人公。『やぶにらみの時計』という「再デビュー作」には、幾重にも折りたたまれた亡兄へのアンビバレントな感情が書き込まれているように思う。だが推理作家として再生した都筑道夫は、もう腹をくくって先へ進むほかない。ふしをしってつらいのは、ホームシックのブルースだ。泣きだすまいとがんばって、ぼくは口をひらいては笑うんだ。

さて、本書にはボーナストラックとして、「SEVENエース」（一九六六年、雄鶏社）に連載された幻の長篇『アダムと七人のイヴ』の「第1話 酸っぱいりんご」が収録されている。「SEVENエース」は、Show Magazine for Young Eliteと銘打たれた月刊メンズマガジンだったが、創刊から四号で休刊。都筑の連載も未完に終わった。一九六六年という年は、都筑がアクション映画やTVドラマの脚本・原案づくりに熱中していた頃で、『三重露出』（一九六四）と『暗殺教程』（一九六七）の間、一冊も本の出なかった空白期に当たる。次巻『猫の舌に釘をうて』に「第2話 SCUBA DO, OR DIE」が、その続きも順次付録として掲載される予定なので、乞うご期待！

＊この解説のタイトルは、木島始氏が訳したラングストン・ヒューズの詩句を、都筑道夫氏の引用にそろえる形で改変したものである。

二〇二一年九月

本書に収録されている「やぶにらみの時計」は、1975年7月中公文庫として刊行された作品を底本としています。「アダムと七人のイヴ」は、「SEVENエース」1966年3月号に掲載された作品を収録いたしました。

本作品はフィクションであり実在の個人・団体などとは一切関係がありません。

なお、本作品中に今日では好ましくない表現がありますが、著者が故人であること、および作品の時代背景を考慮し、そのままといたしました。なにとぞご理解のほど、お願い申し上げます。


（編集部）

徳間文庫

やぶにらみの時《と》計《けい》

2021年11月15日 初刷

著者 都《つ》筑《づき》道《みち》夫《お》

発行者 小宮英行

発行所 株式会社 徳間書店

東京都品川区上大崎三-一-一 〒141-8202
目黒セントラルスクエア

電話 編集〇三(五四〇三)四三四九
販売〇四九(二九三)五五二一

振替 〇〇一四〇-〇-四四三九二

印刷 製本 大日本印刷株式会社

ISBN978-4-19-894692-0 (乱丁、落丁本はお取りかえいたします)